DER MANN VOM SCHROTTPLATZ

DETEKTIVGESCHICHTEN AUS LOCUST POINT
BUCH 2

LIBBY HOWARD

Übersetzt von
MARION BLUSCH

1

———

Die Pumpen sprangen mit einem surrenden Geräusch an und kurz darauf begann das Wasser zu sprudeln. Ich jubelte, als hätte jemand einen unglaublich glücklichen Zufallstreffer an einem Highschool-Footballspiel gelandet. Der Whirlpool-Reparaturmann wischte sich mit der Hand über die Stirn und grinste mich an. „Ich wusste nicht, ob ich es hinbekommen würde, Mrs. Carrera. Wenn diese Dinger lange nicht benutzt werden, fressen sich die Pumpen fest."

Das hatte ich nicht gewusst. Nachdem ich einen ganzen Tag lang mit Gummihandschuhen, die mir bis zu den Ellbogen reichten, das Innere des Whirlpools geschrubbt und knietief in Reinigungsspray und anti-bakteriellem Zeug gestanden hatte, hatte ich zufrieden meinen blitzsauberen Whirlpool betrachtet, ihn mit Wasser gefüllt und eingeschaltet. Nichts. Zum Glück hatte „Sweenie's Pool and Spa" nach langem Betteln Mitleid mit mir gehabt und Franc losgeschickt, um meine Pumpen wieder auf Vordermann zu bringen.

„Vielen Dank, Franc. Habe ich die Chemikalien richtig

gemischt?" Ich hatte mir deswegen große Sorgen gemacht. Ich hatte den pH-Wert getestet und vorsichtig die verschiedenen Chemikalien abgemessen, indem ich Teststreifen in die Flüssigkeiten getaucht hatte. Darum hatte Eli sich sonst immer gekümmert. Nach dem Unfall hatte ich mich ein paar Jahre lang damit abgequält, bis ich schließlich das Handtuch warf und den Whirlpool leerte. Da ich mich um meinen behinderten Ehemann hatte kümmern müssen, war keine Zeit für Dinge wie die Wartung eines Whirlpools geblieben, den niemand benutzte.

Er grinste. „Das habe ich auch erledigt, Mrs. Carrera."

Ich blickte auf das sprudelnde Wasser, in dem blaue und violette Lichter aufblinkten. Als wir dieses Ding gekauft hatten, war es erstklassig gewesen, wahnsinnig teuer. Damals hatten wir mehr als genug Geld gehabt und Eli und ich hatten uns oft abends in den Whirlpool gesetzt, um den Alltagsstress hinter uns zu lassen. An den meisten Abenden hatten wir wie Teenager rumgemacht und waren lachend ins Haus gerannt, um uns zu lieben, tropfnass und immer noch dampfend, direkt hinter der Haustür.

Und jetzt erwachte der Whirlpool wieder zu neuem Leben; die Teenager konnten sich ein erfrischendes Bad gönnen, nachdem sie ihre Hausaufgaben gemacht hatten.

Franc begann, die Rechnung auszustellen, während ich meinen Garten betrachtete. Der Kräutergarten sah ordentlich und gepflegt aus und mein Nachbar Will Lars hatte freundlicherweise das Beet umgegraben, in dem ich meinen kleinen Gemüsegarten anlegen würde. Ich hatte ein Dutzend Samenpakete, Torftöpfe, Anzuchterde und billige Alu-Backbleche gekauft, auf denen meine Keimlinge sprießen würden, bis das Wetter warm genug war, um sie zu pflanzen.

„Funktioniert er? Er funktioniert! Madison, er funktio-

niert!" Henry sprang vor Aufregung auf und ab. Er sah mich hoffnungsvoll an.

„Hast du deine Hausaufgaben gemacht?", fragte ich. Er nickte eifrig. „Dann frag deinen Vater um Erlaubnis und zieh dir eine Badehose an."

Er rannte an Madison vorbei ins Haus. Sie saß mit ihrem Laptop am Terrassentisch und hatte mehrere dicke Bücher vor sich ausgebreitet. Das Mädchen tat mir leid. Madison hatte fast doppelt so viele Hausaufgaben wie Henry. Ich wusste nicht, ob sie rechtzeitig damit fertig werden würde, um sich in den Whirlpool zu setzen. Vielleicht sollte ich ihren Vater, Richter Beck, fragen, ob sie ein bisschen länger aufbleiben durfte. Vielleicht durfte sie am Wochenende ein paar Freunde einladen und wir würden eine Pizza- und Whirlpool-Party veranstalten.

„Hier, bitte sehr, Mrs. Carrera." Franc reichte mir die Rechnung. Ich verzog das Gesicht, als ich den Betrag sah. Die Miete, die Richter Beck bezahlte, deckte meine Hypothekenkosten und mein Gehalt verwendete ich für Lebensmittel, Nebenkosten und andere luxuriöse Dinge. So hohe Reparaturkosten waren nicht eingeplant gewesen, aber ich konnte die Kinder nicht enttäuschen und nachdem ich so viel Zeit und Energie darauf verwendet hatte, das Ding zu schrubben, wollte ich es nicht einfach wieder verschimmeln lassen. Ich würde auf andere Dinge verzichten müssen, um diese Rechnung zu bezahlen.

„Sie haben dreißig Tage Zeit, Mrs. Carrera." Franc lächelte mich wissend an. In einer kleinen Stadt wie Locust Point gab es keine Geheimnisse. Na ja, es gab Geheimnisse wie die, dass unser Bürgermeister ein Mörder war und dass eines seiner Opfer, eine junge erfolgreiche Partyplanerin, einen Prostitutionsring betrieben hatte. Dass ich nach dem Tod meines Mannes völlig pleite war, war keines.

„Eli war ein guter Mann, Mrs. Carrera. Sagen Sie einfach Bescheid, wenn Sie irgendetwas brauchen, okay?"

Ich spürte, wie Tränen in meinen Augen brannten. Eli war *tatsächlich* ein guter Mann gewesen. Er fehlte mir. Ich vermisste den Mann, den ich geheiratet hatte, und den Mann, zu dem er nach dem Unfall geworden war. „Vielen Dank, Franc. Ich weiß Ihr Angebot sehr zu schätzen." Er grinste, packte seine Werkzeugtasche und ging den Gehweg entlang zu seinem Wagen. „Rufen Sie an, falls es irgendwelche Probleme gibt. Wir garantieren für unsere Arbeit."

Ich lächelte, weil ich wusste, dass er damit speziell die Arbeit an *meinem* Whirlpool meinte.

Nachdem Franc gegangen war, schlenderte ich zu Madison hinüber, hob meinen getigerten Kater hoch und strich mit der Hand über das dicke Fell auf seinem Rücken.

„Wo hast du dich bloß rumgetrieben, Taco?", fragte ich den Kater. Sein Fell war klebrig und mit einer dunklen Substanz beschmiert. Ich würde ihn baden müssen. Taco hasste nichts mehr, als gebadet zu werden.

Madison rümpfte die Nase. „Er treibt sich auf dem gegenüberliegenden Grundstück herum. Ich sehe ihn immer da drüben, wenn ich von der Schule nach Hause komme."

Uff. Ich hatte nichts gegen Mr. Peter, aber sein Garten glich einem Schrottplatz, und so wie ich gehört hatte, sah es im Inneren seines Hauses nicht viel besser aus. Er hatte eine Schwäche für Katzen und Hunde und war dafür bekannt, Streuner zu füttern. Ich vermutete, dass er Taco jeden Tag ein paar Reste fütterte, um ihn zu regelmäßigen Besuchen anzuregen. Da ich meinen Kater vor ein paar Wochen auf Diät gesetzt hatte, hatte er sich die zusätzlichen Leckerbissen bestimmt nicht entgehen lassen. Das hätte er auch nicht getan, wenn er nicht auf Diät gewesen wäre.

Ich würde mit meinem Nachbarn sprechen und ihn bitten müssen, Taco nicht zu füttern. Taco musste wirklich abnehmen und es musste da drüben irgendetwas geben, an dem er sich rieb. Ich konnte ihn nicht ständig baden, sonst würde mich mein Kätzchen irgendwann verlassen und permanent bei Mr. Peter einziehen. So sehr sich mein Nachbar auch darüber freuen würde, ich würde meinen Kater nicht hergeben.

„Woran arbeitest du, Madison?" Ich setzte Taco ab und lehnte mich über ihre Schulter. „Chemie. Hmmm."

„Es ist ein Leistungskurs." Das Mädchen kaute am Ende ihres Kugelschreibers herum. „Ich glaube nicht, dass meine Zukunft in der Biochemie liegt."

„Es ist gut, verschiedene Dinge auszuprobieren. Nur so findet man heraus, was man beruflich tun will - und was man *nicht* tun will."

„Wie haben Sie herausgefunden, dass Sie Journalistin werden wollten?", wollte sie wissen.

Ich arbeitete als Zielfahnderin für einen Kautionsvermittler und Privatdetektiv, aber bis zu Elis Unfall war ich Journalistin gewesen. Vermutlich würde ich immer noch als Journalistin arbeiten, wenn ich mir damit meinen Lebensunterhalt finanzieren könnte, aber heutzutage wurden Nachrichtenartikel in großen Mengen gekauft oder von Freiberuflern verfasst, die gerade mal vierzig Dollar pro Artikel verdienten. Deshalb wandte ich mein Talent für Recherchen und Faktenüberprüfung nun in einem Bereich an, der lukrativer war.

„Ich habe damals den Highschool-Newsletter verfasst und war Mitglied des Jahrbuch-Komitees, was mir immer viel Spaß gemacht hat. Als ich auf dem College war, dachte ich, ich würde Romanautorin werden oder Englisch unterrichten, aber kreatives Schreiben war nicht meine Stärke und nachdem ich für kurze Zeit die Assistentin eines Professors gewesen war, wusste ich, dass Unterrichten auch nicht mein Ding war."

„Na ja, Chemie ist bestimmt nicht meine Stärke", grummelte sie. „Biologie ist auch nicht viel besser."

Ich zog einen Stuhl hervor und setzte mich neben sie. „Was *ist* denn deine Stärke?"

Sie zuckte mit den Schultern. „Ich wollte eigentlich Ärztin werden, aber langsam denke ich, dass das keine gute Idee ist."

Wenn sie weder Biologie noch Chemie mochte, hatte sie vermutlich recht. „Was gefällt dir denn sonst noch? Vielleicht könntest du Juristin werden und denselben Beruf wie dein Vater ausüben."

„Oh, nein." Sie rümpfte die Nase. „Er musste immer viel arbeiten, sogar schon lange bevor er Richter wurde. Als wir klein waren, haben wir ihn kaum gesehen. Ich will nicht, dass sie sich scheiden lassen, aber Papa verbringt erst jetzt mehr Zeit mit uns. So ein Leben will ich nicht."

Ich lehnte mich in meinem Stuhl zurück. „Was für ein Leben *willst* du denn?"

„Ich will abends und an Wochenenden Zeit fürs Softballspielen haben. Ich will einen Job, den ich wirklich mag. Aber es muss einer sein, der mir Zeit und Raum für meinen Mann und meine Kinder lässt. Ich will eine Woche mit ihnen an den Strand fahren oder an Wochenenden Skifahren gehen können. Und an ihren Geburtstagsfeiern und anderen wichtigen Ereignissen teilnehmen."

Mein Herz schmerzte. Madison liebte ihren Vater, das war offensichtlich, obwohl ich sie noch nicht lange kannte. Sie liebte ihn und trauerte den vielen wichtigen Momenten nach, die er wegen seiner Karriere verpasst hatte. Aber als Teenager verstand sie noch nicht, wie sehr man sich in einer Karriere verlieren konnte, wenn die Leidenschaft zum Beruf wurde. Und als Kind verstand man nicht immer, dass es in einer Ehe oft so war, dass einer der Partner auf Familienzeit verzichten musste, um die Familie zu ernähren, während der andere seine Karriere und finanzielle Unabhängigkeit aufgab, um für die Kinder da zu sein.

Henry hatte sich ein Badetuch über die Schulter gelegt und stürmte in einer karierten Badehose aus dem Haus. Richter Beck folgte ihm und beäugte den Whirlpool. „Kann er denn schon benutzt werden, Kay? Müssen wir nicht noch ein wenig warten, bis sich die Chemikalien ... gesetzt haben oder so?"

Ich lächelte und beobachtete, wie Henry sein Badetuch auf einen Stuhl warf und in den Whirlpool kletterte. „Er ist einsatzbereit. Das Wasser ist zwar im Moment eher lauwarm als heiß, aber ich glaube nicht, dass es Ihrem Sohn etwas ausmacht."

Es machte ihm nichts aus. Der Junge lehnte den Kopf gegen die Kopfstütze und streckte die Beine aus, bis seine Zehen die Düsen berührten. „Jetzt fehlt nur noch eine Piña Colada. Und ein Eis."

Madison schnaubte. „Wir sind hier nicht im Hilton. Wenn du Durst hast, kannst du dir ein Glas Saft holen."

Richter Beck warf einen Blick auf das Lehrbuch des Mädchens, streckte die Hand aus und zerzauste ihr Haar. „Bist du bald fertig, mein Schatz?"

Sie lächelte ihn an und mir wurde warm ums Herz, als ich die Zuneigung in ihren Augen sah. „Nein. Es dauert mindestens noch eine Stunde. Und wenn ich damit fertig bin, muss ich für eine Arbeit über Staatsbürgerkunde recherchieren."

Der Richter verzog das Gesicht. „Kannst du eine kleine

Pause einlegen? Mrs. Carrera hat sich so viel Mühe gemacht, den Whirlpool für euch beide zum Laufen zu bringen."

Sie sah sehnsüchtig zu ihrem Bruder hinüber, der im sprudelnden Wasser lag. „Dann würde ich um Mitternacht noch hier sitzen. Ich werde ihn ein anderes Mal ausprobieren."

„Wenn das Wasser wirklich heiß ist", fügte ich hinzu. „Vielleicht ist dein Vater damit einverstanden, dass du am Wochenende ein paar Freundinnen einlädst. Dann könnt ihr Pizza essen und euch in den Whirlpool setzen."

Ihre Augen leuchteten einen Moment lang auf, dann verschwand ihr freudiger Gesichtsausdruck wieder. „Am Freitagabend haben wir beide ein Spiel. Und am Samstag habe ich eines am Vormittag und Henry eines am Nachmittag."

Und der Sonntag gehörte der Familie. Ich verstand, dass Richter Beck versuchte, einen Tag pro Woche mit seinen Kindern zu verbringen, besonders jetzt, wo die hektischen Sportpläne die Zeit in Anspruch nahmen, die nicht für Hausaufgaben reserviert war. Da Heather und er sich das Sorgerecht teilten, fanden die Familienaktivitäten nur jeden zweiten Sonntag statt.

Richter Beck sah zum Whirlpool hinüber und wandte den Blick wieder auf seine Tochter. „Henry würde bestimmt auch ein paar Freunde einladen wollen. Das wäre wohl ein bisschen viel für Ihren Whirlpool, Kay."

Madison rümpfte die Nase und ich wusste genau, was sie dachte. Es würde nicht annähernd so viel Spaß machen, ein paar Freundinnen zu Besuch zu haben, wenn ihr jüngerer Bruder und seine Freunde sie die ganze Zeit anstarrten und dämliche Witze machten.

„Madison könnte am Samstag nach ihrem Spiel zwei oder drei ihrer Softball-Teamkolleginnen einladen. Ich werde Gastgeberin spielen und Sie könnten ein wenig Zeit mit Henry verbringen, wenn sein Spiel vorbei ist. Zwei Wochen später, wenn Sie die Kinder wieder übers Wochenende haben, tauschen wir. Ich kümmere mich um Henry und seine Freunde, während Sie etwas mit Madison unternehmen."

„Wir könnten zusammen einkaufen gehen", neckte das Mädchen seinen Vater.

Die Augen des Richters weiteten sich vor Entsetzen, dann lachte er. „Also gut. Madison, nicht mehr als vier Freundinnen, okay? Macht es Ihnen wirklich nichts aus, Kay?"

Ich hatte gerade ziemlich viel Geld ausgegeben, um diesen Whirlpool reparieren zu lassen. Es sollte sich lohnen. Außerdem fühlte es sich gut an, Schritte, Gelächter und Stimmen im Haus zu hören. Eli und ich hatten immer gerne Partys veranstaltet. Wir hatten es uns zur Gewohnheit gemacht, jede Woche jemanden einzuladen. Nach seinem Unfall war das Haus still geworden und ich hatte vergessen, wie anregend die Anwesenheit von Besuchern war. Ein so großes Haus verdiente es, voller Leben zu sein, das die dunklen Ecken erhellte und die alten Geister vertrieb.

„Es macht mir überhaupt nichts aus."

Madison schlug vor Begeisterung mit den Fäusten in die Luft. „Jaaaa! Sobald ich mit diesem Kapitel fertig bin, werde ich ein paar SMS verschicken."

Madison hatte in den letzten Monaten hart gearbeitet und versucht, das Vertrauen ihrer Eltern zurückzugewinnen, nachdem sie auf einer Party mit viel älteren Leuten zusammen Bier getrunken hatte und dabei erwischt worden war. Unter den Partygängern war eine Frau gewesen, die einen Prostitutionsring betrieben hatte. Ich wusste nicht, ob Richter Beck ihr schon wieder erlauben würde, mit ihren

Freundinnen wegzugehen oder bei ihnen zu übernachten, deshalb schien eine beaufsichtigte Whirlpool-Party eine angemessene Belohnung für ihr tadelloses Verhalten während der letzten paar Monate zu sein.

Ich beobachtete Taco, der sich im Dreck herumrollte, und verzog den Mund. „Ihr habt Taco doch nicht etwa Reste vom Tisch gefüttert, oder?"

Die beiden schüttelten den Kopf.

„Ich glaube, Mr. Peter von gegenüber füttert ihn", rief Henry über das Rauschen des Whirlpools hinweg. „Das Haus, bei dem die ganzen Geräte, Reifen und alten Matratzen im Garten stehen."

„Mr. Lars hat ihn gestern angeschrien, als ich die Post geholt habe", fügte Madison hinzu. „Er hat zu dem Mann vom Schrottplatz gesagt, das ganze Zeug stelle eine Brandgefahr dar."

Das stimmte vermutlich, obwohl Will Lars sich nie so lautstark darüber beklagt hatte, bevor seine Frau beschlossen hatte, ihr Haus in ein Bed and Breakfast zu verwandeln. Will und Kat waren nicht die Einzigen, die sich über Mr. Peters Sammelwut ärgerten. Jedes Mal, wenn jemand im Viertel sein Haus verkaufen wollte, beschwerten sich die Besitzer über den Schandfleck. Die Petitionen hatten nichts gebracht. Bei der Stadt und dem Landkreis anzurufen hatte nichts gebracht. Einer der Nachbarn hatte sogar versucht, das Haus abreißen zu lassen. Ohne Erfolg. Es sammelten sich jedes Jahr mehr Dinge auf seinem Grundstück an, aber Locust Point war eine kleine Ortschaft und Mr. Peter war ein fester Bestandteil unserer Stadt. Ich hasste das Durcheinander vor seinem Haus, das direkt gegenüber von meinem lag, auch, aber im Laufe der Jahre hatte ich mir angewöhnt, es zu ignorieren.

„Ich bin ziemlich sicher, dass sein Name nicht ‚Mann

vom Schrottplatz‘ ist", schimpfte Richter Beck. „Solche Spitznamen sind nicht lustig, Madison."

Sie errötete. „Ich kenne seinen Namen nicht. Und Mr. Lars hat ihm noch ganz andere Dinge an den Kopf geworfen."

Daran hatte ich keinen Zweifel.

„Sein Name ist Harry Peter", sagte ich zu Madison.

Es herrschte Stille. Dann begann Madison zu kichern und Henry brach in lautes Gelächter aus. Selbst der Richter musste sich das Schmunzeln verkneifen. „Harold Peter", korrigierte er mich.

„Nein, sein Vorname ist tatsächlich Harry. Er ist ziemlich stolz darauf." Harry Peter. Als ich zum ersten Mal gehört hatte, welch schrecklicher Name dem armen Mann von seiner Mutter aufgebürdet worden war, hatte ich mich fast totgelacht. Mittlerweile entlockte er mir kaum noch ein Lächeln.

„Ist er tatsächlich so haarig?" Henry verschluckte sich fast, weil er so sehr lachte. „Mit diesem Namen hätte er sich einen anderen Beruf aussuchen sollen!"

„Henry, es reicht", schimpfte Richter Beck. „Ihr werdet den Nachbarn auf der anderen Straßenseite Mr. Peter nennen und wenn mir irgendetwas anderes zu Ohren kommt, bekommt ihr Hausarrest. Verstanden?"

„Verstanden", sagten sie gleichzeitig.

„Ich werde ein Wörtchen mit Mr. Peter reden", verkündete ich. „Er sabotiert nämlich die Diät meiner Katze."

Unsere Straße war von großen alten viktorianischen Herrenhäusern und Häusern im Queen-Anne-Stil gesäumt. Variationen eines Themas. Meins hatte einen Eckturm mit Zierleisten und viele scharfe Winkel. Das von Mr. Peter hatte Spitzgauben und eine herausragende verglaste Seitenveranda, die bis zur Decke mit Kisten und Plastikbehältern vollgestopft war, die Geschirr und Dokumente enthielten. Das Haus des Ehepaars Lars war gleich nebenan. Es sah genauso aus wie das von Mr. Peter, einfach ohne das ganze Gerümpel. Sie hatten ihre elegante Veranda in eine hübsche Frühstücksecke verwandelt – von der man eine weniger hübsche Aussicht auf Mr. Peters aufgetürmtes Toilettenpapier und unzählige Stapel Kisten hatte. Und drei Gummiglocken.

Ich blieb stehen und betrachtete die Gummiglocken. Normalerweise benötigte man diese Pümpel nur im Notfall und bewahrte sie direkt neben der Toilette auf. Auf der verglasten Veranda, die mit Dutzenden von Kisten vollgestopft war, waren sie völlig nutzlos. Vielleicht waren es Ersatzteile.

Ich wandte den Blick von der Veranda ab und schlängelte mich durch das Labyrinth aus alten Geräten, Autoteilen, verrosteten Rasenmähern und einem Haufen halbverfaultem Holz zur Haustür. Mir fiel auf, dass die Veranda trotz des ganzen Durcheinanders intakt und frisch gestrichen war. Als ich an die Tür klopfte, waren Schritte zu hören, dann ging quietschend eine der schmalen Holztüren auf und ein schlanker Mann Anfang achtzig erschien. Er hatte dunkelbraune Augen und einen silberfarbenen Bart mit Tabakflecken.

„Hallo, Mr. Peter. Ich bin Kay Carrera von gegenüber.“

„Ich weiß.“ Seine Stimme klang rau, vermutlich vom ganzen Tabak, der seinen Bart vergilbt hatte. „Es tut mir leid, dass Ihr Mann gestorben ist.“

Er hatte mir kurz vor Elis Beerdigung eine Kondolenzkarte übergeben. Es hatte mich gerührt, dass mir ein Nachbar, den ich eigentlich nie sah, sein Beileid ausdrückte. Vielleicht war es meine Schuld, dass ich Mr. Peter so selten sah. Sein Garten sah aus, als würde er keine Besucher wollen, aber vielleicht lag ich mit dieser Einschätzung falsch. Obwohl es mir nie in den Sinn gekommen wäre, mit diesem Mann in seinem Haus voller Müll Tee zu trinken.

Mr. Peter trat beiseite und hielt die Tür auf. „Kommen Sie herein. Möchten Sie eine Tasse Tee?"

„Oh, nein danke." Ich betrat voller Neugier das Haus und fragte mich, wie es wohl im Inneren aussah.

Es bestand kein großer Unterschied zum Garten. Ich konnte nicht weiter als bis zum Wohnzimmer sehen, in dem vom Boden bis zur Decke Kisten gestapelt waren. Ein schmaler Pfad schlängelte sich zu einem Raum, in dem sich, wie ich vermutete, die Küche befand. Auf der rechten Seite befand sich eine breite Treppe, die jedoch wegen der unzähligen Stapel von Büchern und alten Zeitungen fast unpassierbar war. Auf der linken Seite befand sich der Eingang zur verglasten Veranda, der von zwei großen Regalen blockiert war, in denen kleine Porzellanvasen und Kristallteller standen. Über den Regalen hing ein langes dekoratives Schwert. Ich beäugte es und hoffte, dass es nicht herunterfiel und einen von uns verletzte.

„Sind Sie sicher, dass Sie keinen Tee wollen? Ich habe gerade Wasser aufgesetzt."

Das Haus fühlte sich klaustrophobisch an. Es war mit allem möglichen Kram vollgestopft, auf den Kisten lag eine Staubschicht, die Decke hatte Risse und der Boden war zerkratzt und abgewetzt. Mr. Peter schien die wenige Zeit, die er mit Putzen verbrachte, auf die beiden Regale zu beschränken. Die hübschen Porzellanvasen und Teller glänzten. Es war nicht ganz so schlimm, wie ich es mir vorgestellt hatte. Ich hatte schreckliche Gerüche erwartet, tote Tiere, die aus irgendwelchen Lumpen herausragten und einen Boden, der unter einem halben Meter Müll verborgen war. Nicht dass man mich falsch versteht, Mr.

Peter war ein Messie und sein Haus verstieß bestimmt gegen alle möglichen Brandschutzvorschriften, aber man konnte sich einen Weg um die Kisten herum bahnen und es roch irgendwie wie auf einem Dachboden – eine Mischung aus Staub, Mottenkugeln und alten Kartons.

„Es tut mir leid, ich kann nicht lange bleiben. Ich wollte mich nur für meinen Kater entschuldigen, der immer auf Ihrem Grundstück herumschleicht, und Sie bitten, ihn nicht mehr zu füttern, wenn er wieder auftaucht. Er wird zu fett und die Diät, die ich ihm auferlegt habe, funktioniert nicht, wenn die Nachbarn ihn füttern."

Eigentlich war es meine Schuld. Ich musste dafür sorgen, dass Taco im Haus blieb und nicht in der Nachbarschaft herumwanderte. Ich hasste den Gedanken, dass er früh morgens vom Zeitungsmann oder spät abends von einem Nachbarn angefahren werden könnte. Außerdem war es nicht fair, dass meine Katze in der Nachbarschaft herumschlich, die Hunde nervte und möglicherweise Singvögel jagte.

„Ich werde versuchen, ihn von jetzt an im Haus zu behalten", versprach ich. „Es ist nicht einfach, weil er laut miaut und rausgelassen werden will. Vermutlich wird es ihm ab und zu gelingen, sich hinauszuschleichen, wenn jemand zur Tür hereinkommt. Würden Sie mich bitte anrufen, wenn er bei Ihnen auftaucht? Und ihn nicht mehr füttern?"

„Oh, aber ich mag Taco-Schmacko." Mr. Peter streckte die Hände aus und nahm mir meine fette dreckige Katze ab. „Guter Junge. Er kommt jeden Tag zu Besuch und wir teilen uns ein Hähnchensandwich. Ich werde meinen kleinen Kumpel vermissen."

Na ja, das Hähnchensandwich war vermutlich der Hauptgrund, warum Taco ihn jeden Tag besuchte, aber er schien Mr. Peter sehr zu mögen. Er rieb den Kopf am Bart des Mannes und schnurrte so laut, dass man ihn bestimmt zwei Straßen weiter noch hören konnte.

„Vielleicht sollten Sie sich auch eine Katze anschaffen." Aber dann sah ich mich im Haus um und überdachte die Idee noch einmal. Es war zwar sauberer und etwas aufgeräumter, als ich gedacht hatte, aber ich konnte mir gut vorstellen, wie eine Katze von Kiste zu Kiste springen, hinter einem der vielen Stapel steckenbleiben und langsam verhungern würde.

„Das habe ich mir auch schon überlegt, aber Katzen stoßen Dinge um und es gibt eine Menge wertvoller Sachen in diesem Haus."

Kostbares Toilettenpapier und Pümpel? Obwohl die Vasen in den Regalen wirklich sehr hübsch waren.

„Taco-Schmacko macht nichts kaputt. Nicht wahr, mein Junge? Nicht wahr?", gurrte er Taco zu.

Ich wusste nicht, was mich mehr störte; der Spitzname, den er meinem Kater gegeben hatte, oder die Tatsache, dass er in Babysprache mit Taco sprach und das Gesicht an seinem Fell rieb. Aber er hatte recht. Taco war nicht die Art Katze, die Porzellangeschirr vom Tisch stieß, Weingläser umwarf oder in die Topfpflanzen kackte. Was teilweise daran liegen konnte, dass er fett war und solche Aktivitäten Energie erforderten. Energie, die er lieber darauf verwendete, unter dem Tisch um Reste zu betteln.

„Er hat in den letzten drei Monaten viel zugenommen", sagte ich und nahm ihm meinen Kater wieder ab. „Bitte rufen Sie mich einfach an, wenn er zurückkommt. Und bitte füttern Sie ihn nicht."

Mr. Peter lächelte, sah jedoch mehr als nur ein bisschen traurig aus. „Okay. Ich werde ihn vermissen."

Jetzt kam ich mir wie ein schlechter Mensch vor. Sein

Haus war zwar so vollgestopft, dass ich beinahe eine Panik-attacke bekam, aber er schien ein netter Kerl zu sein, der Taco wirklich mochte. Ich hatte während der dreißig Jahre, die ich schon hier wohnte, kaum mehr als ein Dutzend Worte mit ihm gewechselt. Er schien selten Besuch zu bekommen, außer von einem Mann, der vermutlich sein Neffe war.

„Ich habe vor, eine Grillparty für die Nachbarschaft zu veranstalten." Auf diese Idee war ich erst jetzt gerade gekommen und hatte noch keine zwei Sekunden darüber nachgedacht. „Ich werde Ihnen eine Einladung schicken. Oder Sie könnten an einem Freitagabend auf ein Glas Wein mit Daisy und mir vorbeikommen."

„Ich gehe nicht mehr aus dem Haus. Meine Knie. Und ich habe Arthritis in den Hüftgelenken." Seine Augen leuchteten auf. „Aber vielleicht könnten Sie ab und zu bei mir vorbeikommen und etwas mitbringen. Vor einigen Jahren stand dieser wunderschöne Rörstrand-Krug aus dem neunzehnten Jahrhundert bei Ihnen im Fenster, den habe ich immer bewundert. Ich würde ihn mir gerne aus der Nähe ansehen."

Ich hatte keine Ahnung, wovon er sprach. „Der mit der Goldverzierung und den Blumen? Oder der mit den Blättern?"

„Der goldene mit den Blumen. Ich bin ein Fan von Fayence, vorwiegend französische und norditalienische Stücke, obwohl einige der polnischen Muster auch ziemlich hübsch sind. Die findet man viel öfter."

Keine Ahnung. „Sind die Vasen in den Regalen auch solche Stücke?"

Er strahlte. „Das sind die neuesten Stücke. Die selte-neren bewahre ich im Schlafzimmer auf, darunter ein Majo-lika-Stück aus dem vierzehnten Jahrhundert." Er machte ein argwöhnisches Gesicht. „Nichts davon ist besonders wertvoll. Eigentlich nur Trödel. Bei mir ist alles nur Schrott."

Vor zwei Sekunden hätte ich ihm das geglaubt. Aber vor mir hatte Mr. Peter nichts zu befürchten. Ich wollte seine hübschen Vasen nicht. So knapp ich auch bei Kasse war, ich würde mich niemals dazu herablassen, zu stehlen.

„Der Wert liegt wohl im Auge des Betrachters, stimmt's?"

Er nickte. „Und in meinen Augen ist jeder Gegenstand in diesem Haus unbezahlbar."

„Sogar das viele Toilettenpapier?"

Er grinste. „Sogar das viele Toilettenpapier."

Ich schlängelte mich durch das Labyrinth zur Haustür und hoffte, dass mir keine der Kisten oder Schwerter auf den Kopf fallen würden. Dann wünschte ich Mr. Peter einen schönen Abend und überquerte die Straße mit meinem pummeligen, schnurrenden Taco im Arm. Es wurde langsam dunkel. Madison tippte auf dem Keyboard ihres Laptops herum und machte sich Notizen. Henry war aus dem Whirlpool gestiegen und wickelte sich sein Badetuch um die Hüften. Er zog es fest und streckte die Hand aus, um den Deckel des Whirlpools zuzuklappen, dann schlüpfte er in ein Paar Turnschuhe. Im Garten gingen die golden schimmernden Lichter an, die ein sanftes Licht auf die Umgebung warfen. Durch das offene Küchenfenster hörte ich das Scheppern von Töpfen und Pfannen, das sich mit dem Zirpen der Insekten vermischte. Mein Zuhause. Jetzt, wo ich nicht mehr alleine hier wohnte, fühlte es sich endlich wieder wie ein Zuhause an.

Ein Schatten bewegte sich über die Veranda, kam näher und blieb neben mir stehen. Taco wand sich in meinen Armen und ich ließ ihn widerwillig los. Ich wusste, dass er in fünf Minuten miauend vor der Tür stehen und sein

Abendessen verlangen würde. Als der Kater mit einem gereizten Knurren in die Büsche sprang, kam der Schatten näher. Er fühlte sich kühl an, ein dunkler Fleck, der in meinem Augenwinkel schwebte.

„Abendessen!", rief Richter Beck.

Henry eilte ins Haus. „Gib mir fünf Minuten, ich muss etwas anziehen."

Madison grummelte leise, klappte ihren Laptop zu und sammelte ihre Bleistifte und Notizbücher ein. „Ich komme."

Ich beobachtete, wie sie die Stufen hinaufstieg und durch die Hintertür ging. Ich lauschte ihrem leisen Gemurmel und dem Klirren des Bestecks. Taco raste an mir vorbei und jagte einen Käfer. Ich setzte mich in den Schaukelstuhl und der Schatten setzte sich neben mich. Er lehnte sich in den Kissen zurück, während ich uns hin und her schaukelte.

Tagsüber war der Schatten nur selten da, manchmal am Nachmittag, aber abends war er zu meinem ständigen Begleiter geworden. Er war in der Nähe, wenn ich mir im Keller Filme ansah. Er war an meiner Seite, wenn ich Abendspaziergänge machte oder im Garten saß. Manchmal spürte ich seine Gegenwart sogar, wenn ich schlief, obwohl ich ihn in der Dunkelheit nicht sehen konnte. Und wenn ich alleine zu Abend aß, was oft vorkam, weil ich Richter Beck und seinen Kindern ihre Ruhe gönnen wollte, saß er zu meiner Rechten.

Und der Schatten war männlich, das stand fest.

„Es ist ein schöner Abend. Ich bin froh, dass ich den Whirlpool habe reparieren lassen. Die Kinder werden viel Spaß damit haben. Und ich will dieses Grillfest für die Nachbarschaft organisieren. Vielleicht nächsten Freitagabend, wenn die Kinder bei ihren Spielen sind. Eine Party für Erwachsene mit Wein und Zigarren, wie die, die Eli und

ich vor dem Unfall immer veranstaltet haben." Ich überlegte einen Moment. „Nein. Das gehört in die Vergangenheit. So etwas lässt sich nicht wiederholen. Ich werde einen
Abend wählen, an dem die Kinder da sind, damit sie die
Nachbarn kennenlernen können. Ich möchte, dass Richter
Beck und seine Kinder sich wie ein Teil der Nachbarschaft
fühlen."

Der Schatten antwortete nicht. Das tat er nie. Aber ich
hatte trotzdem den Eindruck, dass er zustimmte.

2

„Uuund ... Schnitt!"

Das Kommando wäre viel dramatischer gewesen, wenn J.T. nicht selbst die winzige Kamera bedient hätte, die er erst letzte Woche erstanden hatte. Und es wäre viel unterhaltsamer gewesen, wenn er nicht *mich* gefilmt hätte.

Mein Chef hatte den Traum aufgegeben, dass A&E mit einem Vertrag für eine Reality-Show, die auf seiner privaten Ermittlungsfirma basierte, an seine Tür klopfen würde. Eigentlich hatte er den Traum nicht wirklich aufgegeben, er hatte nur entschieden, dass der Weg zum Ziel über seinen eigenen „überaus erfolgreichen" YouTube-Kanal führen würde. Sein Vorhaben wurde von zwei tragbaren Sony-Videokameras und ein paar Stativen unterstützt, die J.T. im örtlichen Pfandhaus erstanden hatte.

Mein Chef verschob die Kameras, positionierte sie neu und überlegte, welche Winkel am besten waren. „In der nächsten Szene nehmen Sie einen Anruf entgegen und erfahren, dass der Täter die Stadt verlassen hat. Sind Sie bereit, Kay?"

Ich war bereit. Und ich war froh, dass dies heute mein letzter Auftritt vor der Kamera war, bevor J.T. die Aufnahmen herunterladen und für sein großes Internetdebüt zusammenschneiden würde. Der Täter hatte tatsächlich die Stadt verlassen – gestern. Und er war in Milford verhaftet worden, total zugedröhnt. J.T. hatte die Nachstellung der weniger-als-dramatischen Verhaftung bereits gefilmt, war jedoch der Meinung, dass er die richtige Stimmung erzeugen konnte, wenn er weitere Szenen hinzufügte. Somit hatte er jetzt Aufnahmen von mir als seine Computergenie-Assistentin und mehrere Aufnahmen von zuschlagenden Gefängniszellentüren und streng dreinblickenden Polizisten.

Unsere örtliche Polizeistation war genauso begeistert von der ganzen Sache wie er - die Polizisten wünschten sich alle einen Moment des Ruhms. Ich hätte darauf gewettet, dass sich fast jeder Polizist im Bezirk das Video ansehen und das Bild vergrößern würde, um zu sehen, ob er es auf die große Leinwand geschafft hatte oder im Schneideraum eliminiert worden war, sobald J.T. die Aufnahme veröffentlichte.

„Action!"

Ich nahm den Hörer ab und bemühte mich, mein bestes Detektivgesicht aufzusetzen. Dann riss ich schockiert die Augen auf, knallte den Hörer auf die Gabel, drehte mich im Stuhl um und blickte in die Kamera. „Gator! Wir haben ein Problem! Der Typ ist entwischt!"

„Schnitt!"

J.T., alias Gator, strahlte mich an. „Das war großartig, Kay. Obwohl wir uns noch einen coolen Spitznamen für Sie einfallen lassen müssen. Kay klingt irgendwie ..."

Altmodisch. Aber ich wollte wirklich nicht, dass J.T. mir irgendeinen lächerlichen Spitznamen wie „Snap" oder

„Hawk" aufbürdete. „Gator" passte irgendwie zu ihm, obwohl sich der nächste Alligator Hunderte von Meilen entfernt in einem Zoo befand.

„Kann ich jetzt weiterarbeiten? Ich habe drei Credit-Corp-Fälle und muss bis Ende der Woche die Adressen ausfindig machen."

Der Fall des Drogensüchtigen, der gerade mal zwei Stunden lang verschwunden war, war zwar aufregend, aber es war meine Zielfahndungsarbeit, die der Firma ein regelmäßiges Einkommen einbrachte. Leider bot die Suche nach Leuten, die ihr Kreditkartenlimit überschritten oder ihre Krankenhausrechnungen nicht bezahlt hatten, kein Material für die Hauptsendezeit.

„Ja. Es wird eine Weile dauern, bis ich alles bearbeitet habe und das Video hochladen kann. Oh, denken Sie, dass ich einen Soundtrack brauche? Können Sie mir urheberrechtsfreie Musik besorgen? Open-Source-Zeug?"

„Können Sie mich für Überstunden bezahlen?", murmelte ich vor mich hin. „Ja, kein Problem." Diese Worte sagte ich so laut, dass mein Chef sie hören konnte.

Ich rief ein paar Webseiten auf und schickte J.T. die Links per E-Mail, dann machte ich mich an die Arbeit. Er schimpfte im Hintergrund über schlechtes Licht und verschwommene Aufnahmen.

Eine Stunde vor Feierabend hörte ich ihn endlich aufjauchzen. Auf meinem Bildschirm erschien eine E-Mail mit einem Link. Ich seufzte und legte meine Arbeit beiseite, um mir das Video anzusehen und sicherzustellen, dass mindestens ein Aufruf auf J.T.s YouTube-Kanal angezeigt wurde.

Eigentlich war es gar nicht so schlecht. Die ganzen Detektivshows aus den Siebzigern und Achtzigern und die vielen Reality-Shows, auf die er fixiert war, mussten sich in

J.T.s Gedächtnis eingebrannt haben, denn sein „Gator, Private Eye" war um einiges besser als die Strickvideos, die ich mir abends ansah.

„Gute Arbeit, J.T.", sagte ich zu ihm.

Er strahlte und strich mit der Hand über sein ultrakurzes, silbernes Haar. Er hatte es aufgegeben, sich den Schädel zu rasieren, und behauptet, es sei schwierig, auf dem Golfplatz Sonnencreme aufzutragen.

„Danke." Er grinste mich schlau an. „Wie ich höre, spielt sich in Ihrer Nachbarschaft auch ein kleines Drama ab."

J.T. war ein Klatschmaul. In gewisser Hinsicht war er sogar noch schlimmer als meine Freundin und Nachbarin Daisy. Und ich hatte keine Ahnung, wovon er sprach. Für J.T. war alles ein Drama; von einem schockierenden Bericht über häusliche Gewalt bis hin zu jemandem, der auf einem Flohmarkt über seine eigenen Füße gestolpert war.

„Welches Drama meinen Sie denn?" Ich wusste, dass er es mir sagen würde. J.T. sagte mir immer alles.

„Lars versucht, den Gesundheitsinspektor der Stadt auf Harry Peter anzusetzen." Er lachte. „Hört sich so an, als würden sich bald eine Menge Geschlechtskrankheiten ausbreiten. Eine Epidemie. Ich kann nie ernst bleiben, wenn ich den Namen dieses Mannes sage."

Ich ignorierte J.T.s kleinen Scherz. „Will Lars ist frustriert. Das kann ich verstehen. Er versucht, ein Bed and Breakfast zu eröffnen. Die Grundsteuern sind angestiegen. Er wurde Ende letzten Jahres entlassen und nur mit Kats Einkommen kommen sie nicht über die Runden. Es will niemand in einem eleganten, restaurierten viktorianischen Haus übernachten, das direkt neben einem Schrottplatz steht."

Mein Chef schüttelte den Kopf und schmunzelte immer noch über seinen anzüglichen Witz. „Ganz ehrlich, Lars muss nur ein paar Jahre warten. Peter muss mittlerweile fast neunzig sein. Er beißt bestimmt noch vor dem Sommer ins Gras."

„Ich schätze, er ist Anfang achtzig. Außerdem warten die Leute schon seit zwanzig Jahren darauf, dass er ins Gras beißt. Ich glaube, er wird uns alle überleben."

J.T. stand auf und kam zu meinem Schreibtisch herüber. „Sie wohnen doch direkt gegenüber von diesem Kerl. Wie schätzen Sie Lars' Chancen ein?"

Ich schnaubte. „Ich glaube kaum, dass er damit durchkommt. Die Millers haben es vor fünfzehn Jahren schon versucht, als sie ihr Haus verkaufen wollten und Peters Haus den Wert ihrer Immobilie herabgesetzt hat. Man kann zwar behaupten, er sei exzentrisch, aber er pflegt das Haus und das Grundstück, wenn auch nur minimal."

Was natürlich ziemlich einfach war, wenn praktisch auf jedem Quadratzentimeter des Grundstücks irgendwelche Geräte standen. So musste er nie den Rasen mähen. Und was im Inneren des Hauses geschah, ging nur ihn als Grundstückseigentümer etwas an. Ich bezweifelte, dass das Haus aufgrund eines undichten Dachs und eines nicht funktionierenden Ofens abgerissen werden würde, da es vom Eigentümer bewohnt wurde.

„Das war vor fünfzehn Jahren. Mittlerweile müsste es doch einen Grund geben – schwarzer Schimmel, tote Ratten, verfaulte Bananen. Oder vielleicht Brandgefahr? Die Stadt kann doch etwas unternehmen, wenn der Zugang für die Feuerwehr blockiert ist, falls das Haus in Flammen aufgeht, oder?"

Ich seufzte und lehnte mich in meinem Stuhl zurück. „So einfach ist das nicht, J.T. Die Stadt kann ihn zwar wegen Verstoß gegen die Vorschriften vorladen, aber er hätte dreißig, sechzig oder neunzig Tage Zeit, um Einspruch zu erheben, und normalerweise ziehen sich solche Angelegenheiten in die Länge. Wenn das Gebäude nicht kurz vor dem Einsturz steht und keine Gefahr für Nachbarn oder Fußgänger auf dem Bürgersteig besteht, wird die Stadt die Sache wahrscheinlich nicht vorantreiben."

„Schwarzer Schimmel?", wiederholte J.T. „Tote Ratten?"

Gütiger Himmel. „Ich war gestern in seinem Haus. Es hat weder nach toten Tieren noch nach Schimmel oder gar verfaulten Bananen gerochen."

„Er hat Sie reingelassen?" J.T.s Augen weiteten sich. „Wie war es?"

Ich sträubte mich dagegen, die Einzelheiten der Sammelwut meines Nachbarn mit ihm zu besprechen. „Es ist ein Haus – ein Haus, in dem viele Sachen stehen."

Ich drehte mich um und wollte mich wieder an die Arbeit machen, sah jedoch aus dem Augenwinkel, dass J.T. immer noch neben meinem Schreibtisch stand.

„Und was ist mit dem Garten? Und den ganzen Geräten? Das ist doch alles Schrott."

Ich verdrehte die Augen. „Es gibt hier keine Eigentümergemeinschaft. Wenn er einen Garten voller alter Waschmaschinen haben will, kann ihn niemand davon abhalten. Daisy hat Traumfänger und einen Altar in ihrem Garten. Die Sedgewicks haben ein halbes Dutzend Plastikflamingos. Bob Simmons stellt jedes Jahr zu Weihnachten allen möglichen aufblasbaren Ornamente in seinem Garten auf. Ich kann sein Haus nicht mal *sehen*, wenn sie aufgeblasen sind. Es ist eine Gratwanderung, J.T. Sie würden schließlich auch nicht wollen, dass Sie aus Ihrem Haus geworfen werden, nur weil Ihren Nachbarn Ihre Fensterläden, Ihr Basketballkorb oder Ihre Verandadekoration nicht gefallen. Sie würden auch nicht wollen, dass Ihr Haus gegen Ihren Willen abgerissen wird, nur weil jemandem Ihre Comic-

Sammlung, Ihre Katzen oder Ihre Feng-Shui-Einrichtung nicht passt. Es besteht immer die Gefahr, dass jemand rosafarbene Flamingos, einen Wicca-Altar oder alte Waschmaschinen in seinen Garten stellt und das den Wert Ihres Hauses beeinträchtigt. Das bedeutet, dass Sie mit Ihrem Eigentum tun und lassen können, was Sie wollen, solange keine Gefahr für die öffentliche Gesundheit besteht."

Für diese Rede hätte ich einen Oskar verdient. Vielleicht hatte das Posieren für J.T.s Videos die Schauspielerin in mir zum Leben erweckt.

„Na ja. Dann muss Lars wohl einfach warten, bis der alte Peter ins Gras beißt." J.T. drehte sich um und nahm seine Aktentasche, die auf einem Stuhl lag. „Es ist Freitag, Kay. Machen Sie ein bisschen früher Feierabend und gehen Sie zur Happy Hour oder so. Sie können sich am Montag um diese Fälle kümmern."

Das konnte er leicht sagen. Er würde nicht derjenige sein, auf dessen Schreibtisch am Montagmorgen ein Stapel Akten lag. Ich begann das Wochenende nur ungern mit unerledigter Arbeit. Sie würde mich verfolgen und in meinem Hinterkopf hängenbleiben, genauso wie dieser Schatten, der sich an den Rand meines Blickfeldes geheftet hatte. Aber bei diesem Tempo würde ich noch bis zum Sonnenuntergang hier sein und ich hatte mich auf einen Weinabend mit Daisy auf der Veranda gefreut.

„Danke." Ich winkte J.T. nach, als er das Büro verließ, und stopfte die Akten in meine Tasche, nur für den Fall, dass ich es nicht aushielt und doch übers Wochenende daran arbeiten wollte. Dann schaltete ich das Licht aus, schloss die Tür ab und ging nach Hause.

3

„Siehst du? Bei Linksmaschen ist die krause Seite sichtbar. Strickmaschen sind glatt."

„Genau wie bei einem Pullover", kommentierte ich und betrachtete das Muster von beiden Seiten. Nachdem ich mich monatelang mit den Anleitungen herumgeschlagen hatte, die meinem Strickset beigelegen hatten, und mir unzählige Videos angesehen hatte, hatte ich beschlossen, die Hilfe einer Person in Anspruch zu nehmen, die sich mit Stricken auskannte. Sonst würde es mir nie gelingen, mehr als klumpige, mit Klebstoff zusammengehaltene trapezförmige Gewirre zu kreieren. Ich wollte wirklich Mützen für die Entbindungsstation des Krankenhauses und andere Dinge stricken, die ich spenden konnte, aber es gelang mir immer noch nicht, mehr als einfache Topflappen zu stricken. Ich traute mich kaum, sie selbst zu benutzen, geschweige denn, jemand anderen mit meiner schrecklichen Handarbeit zu beglücken.

Suzette sah sich das Muster an, an dem ich gearbeitet hatte. Sie musste sich das Grinsen verkneifen. „Ich sehe, was du falsch gemacht hast, Kay. Bei einer Linksmasche musst du die Nadel von vorne durch die Masche schieben. Von rechts nach links. So, siehst du? Dann schlingst du das Garn um die Nadel, ziehst es durch und lässt die Masche von der linken Nadel gleiten."

Ich nahm Suzette das Muster ab und wiederholte die Bewegungen, die sie mir gezeigt hatte. Ich war richtig stolz darauf, endlich richtige Linksmaschen stricken zu können.

„Du hast Krausrippen gestrickt, Kay", erklärte Suzette. „Du hast einfach normal weitergestrickt, was für Dinge wie Topflappen in Ordnung ist, wenn du Volumen kreieren und keinen Rand stricken willst. Wenn du eine Reihe normal und dann eine Reihe links strickst, bekommst du eine schöne glatte Oberfläche. Auf diese Weise kannst du Pullover stricken - und natürlich auch Babymützen."

Suzette wohnte ganz am Ende unserer Straße, im ältesten Haus in der Nachbarschaft. Es war weder im viktorianischen noch im Queen-Anne-Stil gebaut. Ihr Bauernhaus war aus Stein und Baumstämmen gefertigt und stammte aus der Zeit vor dem Unabhängigkeitskrieg. Leider hatte es nicht George Washington gehört und das Ackerland war in winzige Grundstücke und Straßen aufgeteilt worden, die nun zu einem Stadtteil von Locust Point geworden waren. Das Haus stand immer noch und gehörte schon seit acht Generation Suzettes Familie. Sie hatte es vor zwei Jahren von ihrer Großmutter geerbt, aber anstatt es zu verkaufen und eine Eigentumswohnung in Milford zu erwerben, was die meisten alleinstehenden jungen Leute getan hätten, hatte Suzette uns alle damit überrascht, dass sie in das Haus eingezogen war. Sie hatte es langsam restauriert und den rustikalen Charme wiederhergestellt, den es gehabt hatte, als es vor über zweihundertfünfzig Jahren von deutschen Einwanderern gebaut worden war. Sie hatte sogar mit der Arbeit an einem Lattenzaun begonnen, der die zwei Hektar Land umgab, die von den ursprünglichen drei Hektar übrig geblieben waren.

„Denkst du, dass ich mich jetzt an eine Babymütze wagen kann?", fragte ich Suzette. Ich wollte endlich etwas anderes als Topflappen stricken.

Suzette nickte. „Diese hier hat einen gerollten Rand, das ist am einfachsten. Und anstatt rund zu stricken, nähst du am Schluss einfach die Enden zusammen." Sie ertastete die Enden meines Topflappens, deren Knoten ich mit Leim verstärkt hatte. „Wenn du fertig bist, zeige ich dir, wie man die Enden vernäht, damit du nicht wieder ... so etwas tun musst."

Ich war sicher, dass Neugeborene es begrüßten, wenn ihre Kopfhaut nicht von Leimknoten zerkratzt wurde. „Und wie nimmt man Maschen ab?"

Suzette zögerte. „Du könntest mit der Mütze anfangen, dann zeige ich dir, wie das geht. Es sei denn, du hast heute Abend andere Pläne."

Ich war eine sechzigjährige Witwe. Der einzige Plan, den ich an diesem Abend hatte, war, mit Daisy auf der Veranda eine Flasche Chardonnay zu trinken. Suzette hingegen war eine junge Frau. „Es ist ein normaler Freitagabend für mich, meine Liebe. Bitte bleib und trink ein Glas Wein mit Daisy und mir. Ich bin wirklich froh, dass du mir beim Stricken hilfst."

Sie lächelte. Es zeichneten sich kleine Grübchen in ihrem runden Gesicht ab und ihre sanften braunen Augen verzogen sich zu schmalen Schlitzen. „Gerne. Ist Daisy ... ist das die Frau, bei der ein Wicca-Altar im Garten steht? Die, die letzte Weihnachten dieses riesige immergrüne Pentagramm an ihre Haustür gehängt hat?"

Genau die. „Ja. Hast du sie noch nicht kennengelernt? Sie ist wirklich sehr nett. Sie würde alles tun, um jemandem zu helfen. Einer der nettesten und hilfsbereitesten Menschen, die ich kenne."

Daisy hatte regelmäßig an unseren Gartenpartys teilgenommen, als Eli und ich frisch eingezogen waren. Wir hatten uns schon immer gut verstanden, aber mir war erst nach Elis Unfall richtig klargeworden, wie toll diese schrullige Frau war. Daisys Freundschaft war nie ins Wanken geraten, selbst als sonst niemand mehr Aufläufe vorbeibrachte, Hilfsangebote machte oder fragte, wie es Eli oder mir ginge, weil die Antwort zu deprimierend war. Selbst als ich mich am liebsten in einer Höhle verkrochen hätte, weil ich irgendwann nur noch Elis Kindermädchen und Pflegekraft gewesen war und langsam verkümmerte, hatte Daisy mich wieder ans Licht gezerrt. Sie hatte darauf bestanden, vorbeizukommen und mich dazu überredet, mehrere Male pro Woche mit ihr Yoga-Übungen zum Sonnenaufgang zu machen. Sie war mit einer Flasche Wein oder chinesischem Take-Away-Essen, einem schnulzigen Liebesfilm oder irgendwelchen lächerlichen Spielen wie „Hungry Hungry Hippos" aufgetaucht und hatte dafür gesorgt, dass mein Leben für einen kurzen Moment nicht mehr ganz so trostlos gewesen war.

Sie war zehn Jahre lang meine Rettung gewesen und als Eli einen Schlaganfall erlitt, der ihn innerhalb weniger Minuten das Leben kostete, hatte sie mir beigestanden. Sie hatte bei mir übernachtet, damit ich nicht alleine sein musste. Sie hatte die Yoga-Übungen zum Sonnenaufgang zu unserer täglichen Routine gemacht. Sie hatte bei der Beerdigung neben mir gestanden, mir Taschentücher gereicht und tröstend den Arm um meine Schultern gelegt. Von mir aus hätte sie splitternackt auf ihrer Veranda sitzen und Kornkreise im Garten verbrennen können. Wenn es nach mir ginge, hätte Daisy ein Schnellverfahren zum Heiligenstatus verdient. Sie war schrullig, was sie in meinen Augen noch liebenswürdiger machte.

Suzette nickte. „Oh, gut. Ich kenne nämlich nicht viele Leute in der Nachbarschaft. Ich war ziemlich beschäftigt mit den Renovationsarbeiten an Omas, ich meine, meinem Haus. Ich kenne nur dich, die Sedgewicks und die Wilsons."

„Was ist mit Kat Lars?" Ich deutete mit dem Kinn auf die Frau, die gerade aus ihrem Volvo stieg und eine riesige Aktentasche schleppte, die eher wie ein Gepäckstück aussah als etwas, das man zur Arbeit mitnehmen würde.

„Nein. Sind das die beiden, die ein Bed and Breakfast eröffnen wollen?"

„Genau." Ich mochte Kat. Was ich von ihrem Ehemann Will nicht behaupten konnte.

Kat sah auf und winkte. Ich gab ihr zu verstehen, dass sie zu uns rüberkommen solle. Sie streckte den Zeigefinger in die Luft, trug die Aktentasche ins Haus und eilte kurz darauf in marineblauen Stöckelschuhen, die zu ihrem eleganten Hosenanzug passten, die Treppe zu meiner Veranda herauf.

„Kat Lars, das ist Suzette Hostenfelder. Ihr gehört das alte Bauernhaus am Ende der Straße."

Kats dunkle Augen weiteten sich und sie strich ihre dunklen Locken zurück, als würde sie vor einer Adeligen stehen. „O Gott! Ich *liebe* dieses Haus. Ich habe gelesen, dass der Mann und die Frau, die es gebaut haben, Baumstämme vom Ackerland verwendeten, das sie gerodet hatten. Das ursprüngliche Haus hatte nur ein Zimmer und einen Dachboden und wurde erst fünfzig Jahre später erweitert. Das Ehepaar, das es gebaut hat, hat in diesem winzigen Haus sechs Kinder großgezogen. *Sechs.*"

Suzette strahlte und nickte begeistert. „Meine Familie hat es den Enkelkindern der beiden abgekauft. Schade, dass wir das ganze Land verkauft haben. Ich habe ein Foto, das kurz nach dem Bürgerkrieg aufgenommen wurde, auf dem noch die Ställe und der Hühnerstall zu sehen sind."

„Oh, das würde ich gerne sehen." Kat grinste und beäugte einen der Stühle auf meiner Veranda.

„Setz dich", sagte ich. „Daisy kommt gleich rüber und dann trinken wir Wein. Und Suzette wird mich davor bewahren, meine allererste Babymütze zu vermasseln."

Kat ließ sich auf den Stuhl plumpsen und betrachtete mein Musterbuch. „Stricken. Ich häkle. Eigentlich habe ich es nur gelernt, um die ganzen Spitzendeckchen für das Haus zu häkeln, damit es authentischer aussieht." Sie lachte. „Früher habe ich mich immer über die Häuser von alten Damen mit Spitzendeckchen, Porzellanwaschbecken und damastbezogenen Sofas lustig gemacht - und jetzt bin ich die Eigentümerin eines dreistöckigen viktorianischen Hauses und will plötzlich, dass alles so aussieht wie vor hundert Jahren."

„Das macht sich bestimmt gut für ein Bed and Breakfast", kommentierte Suzette. Dann neigte sie sich über meine Schulter. „Anstatt die Nadel nur durch eine Masche zu schieben, schiebst du sie durch zwei. Genau. Siehst du? Das ist eine Abnahme. Die Abkürzung dieser Abnahme ist ‚K2TOG'. Strick noch eine weitere Reihe, dann zeige ich dir ‚K2PSSO'."

„Das hoffe ich", sagte Kat und blickte zu ihrem Haus hinüber. „Will ist ziemlich angespannt, seit wir das Haus umgebaut haben. Nicht nur wegen des Geldes. Er will unbedingt, dass die Sache ein Erfolg wird. Nach der Entlassung kann er sich keinen Misserfolg leisten."

Ich hatte plötzlich ein schlechtes Gewissen, weil ich Will Lars nicht wirklich mochte. Er war immer so angespannt, so nervös und so ... wütend. Vielleicht hatte er allen Grund dazu. Vielleicht würde die Anspannung etwas nachlassen, wenn sie regelmäßig Gäste hatten. Obwohl ich es mir nicht vorstellen konnte.

Daisy tänzelte um die riesigen Ligusterhecken herum, die die Seiten meiner Veranda säumten. Sie hielt die größte Flasche Weißwein in der Hand, die ich je gesehen hatte. Sie schien sogar eiskalt zu sein.

„Sieh mal einer an! Gut, dass ich eine große Flasche mitgebracht habe", rief sie fröhlich, während sie die Stufen hinaufhüpfte. Daisy trug eine blaue Caprihose aus leichtem Baumwollstoff und ein ärmelloses weißes Oberteil, das ihre braungebrannten Arme und die vielen klirrenden Armbänder zur Geltung brachte. Ich legte mein Strickzeug beiseite, zog einen Behälter mit Plastikweingläsern und Besteck unter dem Tisch hervor und begann, unsere kleine Happy Hour vorzubereiten.

„Daisy, das ist Suzette Hostenfelder. Sie wohnt in dem alten Bauernhaus am Ende der Straße. Kat Lars kennst du ja schon."

Die Frauen lächelten sich gegenseitig an. Daisy stellte die Weinflasche auf den Tisch, wischte sich die Hand an ihrer Caprihose ab und streckte sie Suzanne entgegen. „Ich habe deine Großmutter gekannt. Als ich ein Kind war, haben wir immer Ärger bekommen, weil wir auf ihr Grundstück geschlichen sind, um im Teich zu schwimmen. Die ersten paar Male hat uns dein Großvater weggescheucht, aber irgendwann haben sie uns einfach schwimmen lassen. Manchmal hat uns deine Großmutter sogar Limonade und Plätzchen gebracht."

Suzette grinste. „Früher hat er uns auch angeschrien, wenn wir im Teich gebadet haben, obwohl er zu diesem Zeitpunkt nur noch bis zur hinteren Veranda laufen konnte. Er musste den Aufsitzmäher nehmen. Das Ufer ist ziemlich steil und felsig, und das Wasser ist so trüb, dass er immer befürchtet hat, es würde sich jemand den Kopf anstoßen, wenn man hineinsprang, oder versuchen, unter einen umgestürzten Baumstamm zu tauchen, und dann steckenbleiben und ertrinken. Er hat sich immer um alles Sorgen gemacht hat, Oma war da ganz anders."

Interessant, wie Gegensätze sich manchmal anzogen. Ich legte die Strickarbeit in meinen Schoß und beobachtete, wie Daisy den Wein einschenkte. Ich dachte an Eli und mich. Wir waren nicht sehr gegensätzlich gewesen. Er war zwar Chirurg gewesen und ich Journalistin, aber wir hatten eine ähnliche Kindheit gehabt und waren mit beinahe identischen Familienwerten aufgewachsen. Wenn es um Politik gegangen war oder darum, wo wir Urlaub machen sollten, oder ob wir Rindfleisch oder Hähnchen zum Abendessen bestellen sollten, waren wir uns meistens einig gewesen. Dann lächelte ich und dachte an Wein, Zigarren und Filme. Ich erinnerte mich daran, wie ich bis zu den Ellbogen in Mulch und Torftöpfen herumgewühlt, den Garten bepflanzt und billigen Wein getrunken hatte, während er eine seiner stinkenden Zigarren gepafft und teuren Cognac geschlürft hatte. Dann hatte er die Zigarre ausgedrückt, mich aus dem Blumenbeet gezerrt und mich unter der Laube geküsst, ohne sich um meine schmutzigen Fingernägel oder mein schweißverklebtes Haar zu kümmern. Vielleicht hatten Suzettes Großeltern viel mehr gemeinsam gehabt, als Suzette bewusst war.

„Hier." Daisy reichte uns je ein Weinglas und hob ihres in die Höhe. „Auf den Sommer. Auf Grillpartys und Feuerwerk. Auf die Stadtregatta. Auf Familientreffen und Volksfeste. Auf Sprinkleranlagen und Weinpartys auf der Veranda. Und auf die besten Nachbarinnen, die sich eine Frau wünschen kann."

Eine Autotür schlug zu. Wir murmelten alle eine Antwort auf Daisys inspirierenden Trinkspruch, nippten an unserem Wein und drehten die Köpfe. Ein Mann Mitte vierzig marschierte so eilig von seinem Sportwagen weg, als wäre er auf dem Weg in die Schlacht. Auf dem Bürgersteig bog er ab und begann, sich seinen Weg durch das Labyrinth aus Rasenmähern und Waschmaschinen zu bahnen, die vor Harry Peters Haus standen.

„Oh-oh", flüsterte Kat und trank einen großen Schluck Wein.

„Ist das der Neffe?", fragte Daisy.

Der Mann erreichte die Haustür in Rekordzeit und klopfte so laut, dass wir es sogar auf der anderen Straßenseite hörten.

„Ja", murmelte Kat in ihr Weinglas. „Ich glaube, Will hat ihn angerufen. Ich wünschte, er würde den Mann einfach in Ruhe lassen."

Sie wünschte, Will würde Mr. Peters Neffen in Ruhe lassen? Oder Mr. Peter in Ruhe lassen? Oder wünschte sich Kat, dass der Neffe seinen Onkel in Ruhe ließ? Ich wollte sie gerade fragen, schloss jedoch den Mund wieder, als auf der anderen Straßenseite die Tür aufging. Das Drama begann.

Für einen Mann Anfang achtzig hatte Harry Peter eine ziemlich laute Stimme. Er gab so viele Schimpfworte von sich, dass ich froh war, dass Richter Beck und die Kinder nicht zu Hause waren. Ich hörte auch, wie der Neffe seinen Onkel anschrie und behauptete, er sei ein verrückter alter Mann, der nicht mehr alleine leben konnte.

Es schien darum zu gehen, dass der Neffe die Lebensbedingungen seines Onkels satthatte und sich nicht länger mit unbezahlten Rechnungen, Zählerablesern und Sozialarbeitern herumschlagen wollte. Und er hatte es satt, wegen Vernachlässigung älterer Menschen beschuldigt zu werden.

Daraufhin schrie er, er würde seinen Onkel in eine geschlossene Anstalt einliefern lassen, wenn er nicht in ein betreutes Wohnheim mit Psychiatrieabteilung ziehen wollte.

Ich verzog das Gesicht, weil ich im Laufe der Jahre viele Artikel über die Rechte älterer und psychisch kranker Menschen geschrieben hatte und wusste, dass Mr. Peters Neffe leere Drohungen ausstieß. Es war nahezu unmöglich, ein Gebäude abreißen und jemanden aus seinem Haus entfernen zu lassen, es sei denn, es bestand eine ernsthafte Gefahr für die öffentliche Gesundheit und Sicherheit. Noch schwieriger war es, jemanden gegen seinen Willen für unzurechnungsfähig erklären zu lassen. Es musste eine deutliche Bedrohung bestehen, entweder dieser Person selbst oder anderen gegenüber. Und nach dem zu schließen, was ich am Vortag in Mr. Peters Haus gesehen hatte, war er einfach ein exzentrischer Mann, der in einem schmutzigen Haus wohnte, das er schon lange nicht mehr pflegte. Ein Mann, dessen Sammelwut so extrem geworden war, dass man ihn als Messie bezeichnen konnte.

Der Neffe tat nichts anderes, als der Nachbarschaft eine Show zu liefern. Und wir waren vermutlich nicht die einzigen Zuschauer. Die Wilsons versuchten, so zu tun, als würden sie nicht lauschen. Als würden sie sich jeden Freitagabend um ihre verwelkten Geranien kümmern. Und gleich nebenan stand Will Lars, der sich gegen das Verandageländer lehnte und nicht einmal versuchte, so zu tun, als würde er nicht lauschen.

Ich drehte mich zu seiner Frau Kat um, die ihren Wein schlürfte, als wäre sie ein Kamel in der Wüste. Wenn sie keine schokobraune Haut gehabt hätte, wäre ihr Gesicht bestimmt dunkelrot gewesen. Dann sah ich wieder zu Will hinüber. Er war ein gut aussehender Mann, groß und schlank, mit gewelltem, schulterlangem, blondem Haar, das er zu einem Männerdutt zusammengebunden hatte. Seine Hände steckten in den Taschen seiner olivgrünen Hose und an seinem hellbraunen Poloshirt standen die obersten Knöpfe offen. Er starrte emotionslos auf die streitenden Männer und verzog das Gesicht, als er den Blick auf den Garten wandte, der voller alter Geräte war.

Ich konnte es ihm nicht verübeln. Es war tatsächlich ein unschöner Anblick, aber ich hatte mich so an den chaotischen Garten gewöhnt, dass ich ihn kaum noch wahrnahm. Aber Will Lars schien nicht wegsehen zu können.

„Wenn er doch einfach nur den Schrott in seinem Garten beseitigen würde", murmelte Kat. „Wir würden seinen Rasen mähen. Wir würden sogar für einen Gärtner bezahlen, der seinen Garten pflegt. Warum hat er überhaupt all das Zeug? Wer braucht schon zwölf Waschmaschinen, acht Trockner, sechs Geschirrspüler und zwanzig Rasenmäher?"

„Früher hat er sie repariert", erklärte Daisy. „Als ich ein Kind war, war Harry Peter dafür bekannt, sich um Reparaturen aller Art zu kümmern. Früher hatte er in seinem Garten und in seiner Garage einen Haufen alter Geräte gestapelt, die er für Ersatzteile verwendet hat. Er war bis zu seiner Pensionierung bei ‚Himmet Appliance' angestellt, hat aber immer auch nebenher gearbeitet."

Das hatte ich nicht gewusst. Ich war immer davon ausgegangen, dass die Geräte in Harry Peters Garten aus seinem eigenen Haus stammten. Kaputte Geräte, die er ersetzt, jedoch nie entsorgt hatte und vielleicht irgendwann reparieren wollte.

„Es ist ja nicht so, dass er immer noch Geräte repariert", erwiderte Kat, ihre Stimme hatte einen schrillen Unterton.

Sie liebte ihren Mann. Der ganze Schrott im Garten des

Nachbarn machte Will wahnsinnig. Das konnte ich verstehen. Aber Daisy offensichtlich nicht.

„Ich glaube, er redet sich ein, dass er sie eines Tages reparieren wird", entgegnete Daisy. „Er will sich vermutlich nicht eingestehen, dass er dazu nicht mehr in der Lage ist und die Geräte, die einst für Ersatzteile nützlich waren, nur noch Schrott sind. Wenn er sie entsorgen würde, wäre es, als würde er aufgeben. Als würde er zugeben, dass er dem Tod einen Schritt näher ist. Das ist nicht einfach, Kat. Du solltest doch wissen, wie sehr die Leute an dem festhalten, was sie früher getan haben - was sie früher gut konnten. Und wie schwierig es ist, zuzugeben, dass man nie wieder zu dem zurückkehren kann, was einem eine Identität und Selbstvertrauen gegeben hat."

Ich hielt die Luft an, weil ich wusste, dass Daisy damit Will meinte. Ich musste an Eli denken. Selbst nach den Hirnverletzungen hatte es Jahre gedauert, bis er sich eingestanden hatte, dass er nie wieder operieren würde. Es hatte sogar noch länger gedauert, bis er sich mit der Tatsache abgefunden hatte, dass er nie wieder eine Karriere haben würde, dass er bis zu seinem Tod invalide und größtenteils ans Haus gebunden sein würde. Seine Wut und die darauffolgende Depression waren fast nicht zu ertragen gewesen.

Kat knirschte mit den Zähnen und trank ihren Wein aus. „Danke für den Wein und das Gespräch, meine Damen. Ich wünsche euch allen ein schönes Wochenende."

Wir beobachteten, wie sie praktisch die Treppe hinunterrannte, eilig die Straße überquerte und die Stufen zu ihrer Veranda erklomm. Dort umarmte sie ihren Mann und drehte ihn von dem Garten weg, der voller verrosteter und kaputter Geräte war, damit sie ihn küssen konnte.

Es war der Kuss einer Frau, die ihren Mann abgöttisch liebte. Es war der Kuss einer Frau, die alles tun würde, um ihrem Mann zu helfen, einen Weg aus der Dunkelheit zu finden.

„Du hast eine Masche fallen lassen", sagte Suzette und unterbrach die peinliche Stille. „Ich zeige dir, wie du sie wieder auffangen und in die Mütze einflechten kannst, ohne zwei ganze Reihen auftrennen zu müssen."

4

Wir machten kurzen Prozess mit dem Wein. Ich war beschwingt, als ich ins Haus ging, um zu Abend zu essen, aber ich musste immer wieder an die Auseinandersetzung auf der anderen Straßenseite denken.

Harry Peter. Wann hatte er wohl das letzte Mal sein Haus verlassen? Ich konnte mich nicht daran erinnern. Es wurden viele Kisten geliefert. Ich nahm an, dass sich darin Lebensmittel und alle anderen Dinge befanden, die er brauchte. Einmal pro Monat kam der Zählerleser vorbei und wenn Mr. Peter ihn nicht verjagte, schlängelte sich der Typ zum Zähler und kam meistens kopfschüttelnd wieder zurück. Anfallende Reparaturen schien Mr. Peter selbst zu erledigen - oder sich einfach nicht darum zu kümmern.

Ich zögerte und blickte meine gewundene Treppe hoch, die von massiven Eichenhandläufen geziert war. Drei Stockwerke, dann ein Dachboden – ein Dachboden, der voller Gerümpel war. Nicht so viel Zeug wie der Mann gegenüber hatte, aber viele Dinge, die ich nicht brauchte. Darunter ein wirklich hässlicher Krug.

Das Abendessen konnte warten. Ich stieg die Treppe hinauf und schnappte nach Luft, weil mir die Hitze entgegenschlug, sobald ich die Tür zum Dachboden öffnete. Ich musste fünf Kisten durchsuchen, bis ich endlich den Krug fand. Zumindest dachte ich, dass es der Krug war. Es war ein Geschenk von Elis Tante Linda gewesen. Ich erinnerte mich, dass es eine Zeit gegeben hatte, in der ich jedes Geschenk gut sichtbar aufgestellt hatte, egal wie hässlich ich es fand. Als ich eines Tages nach Hause kam, hatte ich feststellen müssen, dass Eli den ganzen scheußlichen Krimskrams in Kisten verpackt und auf den Dachboden geschleppt hatte. Er hatte gesagt, das Leben sei zu kurz, um auf hässliche Vasen und Kerzenhalter zu starren. Er hatte recht gehabt.

Und dieser Krug war tatsächlich hässlich. Er war in glänzendem Cremeweiß gehalten und mit marineblauen und weinroten Bändern und goldenen Spitzenmustern verziert. Der Bauch war mit einer Reihe Lavendel und hellblauen Orchideen geschmückt. Jedenfalls dachte ich, es seien Orchideen.

Tante Linda war in einem Pflegeheim in Milford. Sie erinnerte sich nicht mehr an den Namen ihrer Lieblingskatze. Sie erinnerte sich ziemlich sicher auch nicht mehr daran, dass sie uns diesen Krug zur Hochzeit geschenkt hatte, auch wenn sie es auf unerklärliche Weise schaffen sollte, vorbeizukommen.

Ich wickelte ihn vorsichtig in Zeitungspapier ein, verließ den Dachboden und überquerte die Straße.

Es dauerte eine Weile, bis Mr. Peter auf mein Klopfen reagierte, was angesichts der ganzen Kisten und Stapel, durch die er sich kämpfen musste, nicht überraschend war. Als er die Tür einen Spaltbreit öffnete und hinausspähte, fiel mir sein seltsamer Gesichtsausdruck auf. Er wirkte misstrauisch, jedoch größtenteils niedergeschlagen. Der Streit mit seinem Neffen musste ihn mitgenommen haben. Mr. Peter war kein junger Mann mehr. Obwohl es bestimmt in jedem Alter anstrengend war, auf seiner eigenen Veranda zu stehen und jemanden anzuschreien.

„Oh. Hallo. Ich dachte …"

Ich lächelte und packte den Krug aus. „Sie haben doch gesagt, Sie wollten ihn sich aus der Nähe ansehen. Ich dachte, Sie könnten nach diesem anstrengenden Tag ein bisschen Aufheiterung gebrauchen."

Er hielt die Luft an und streckte die Hände nach dem Krug aus. Dann zog er sie zurück und lächelte verlegen. „Bitte kommen Sie rein."

Ich betrat das Haus und schlängelte mich an den Regalen mit den Vasen vorbei. „Sind die neu?" Ich zeigte auf ein Set mit Katzenfiguren aus Knochenporzellan.

„Ja! Die sind gestern geliefert worden. Und sehen Sie sich diese hier an." Er zeigte mir ein Set mit fischförmigen Tellern, die zweifellos von Hand bemalt waren. Auf einem davon war eine Frau mit einer Blume in der Hand abgebildet, auf einem eine Milchmagd und auf einem anderen … George Washington. Ich wusste, dass es George Washington war, weil sein Name und die Daten seines Geburts- und Todestages über seinem Kopf standen.

„Quimper, 1945. Diese Schmuckstücke habe ich bei einer Online-Versteigerung entdeckt und gleich das ganze Set gekauft." Er deutete auf eine Reihe mit Kisten, die den Weg zur Küche blockierten. Wie um alles in der Welt gelangte er in den hinteren Teil des Hauses? Ich sah mich um und versuchte mir vorzustellen, wie er über Kisten, Regale und Stapel kletterte. Wie ein Kind auf einem Spielplatz. Aber irgendwie schien das unwahrscheinlich zu sein.

Er nahm ehrfürchtig den Krug entgegen. „Oh, er ist

wirklich exquisit." Er drehte ihn um. „Sehen Sie, hier ist das Markenzeichen mit dem Bogen und den drei Kronen. Die Rörstrand-Töpferei hat im späten achtzehnten Jahrhundert begonnen, in Stockholm, Schweden, Porzellanstücke herzustellen. Das Markenzeichen mit den drei Kronen wird seit 1884 verwendet. Dieser englische Porzellanstil wurde Ende des neunzehnten Jahrhunderts hergestellt. Es ist ein schönes Stück, das offensichtlich gut gepflegt wurde. Vermutlich würden sie drei- bis vierhundert Dollar dafür bekommen und ich bin sicher, dass Sammler sich um ein so gut erhaltenes Stück reißen würden."

Ich vermutete, dass er so gut erhalten war, weil er Leuten gehört hatte, die ihn zu hässlich fanden, um ihn vom Dachboden zu holen, geschweige denn, ihn tatsächlich zu benutzen. Es war die Tatsache, dass ein Krug, der die letzten fünfzehn Jahre in einer Kiste auf meinem Dachboden verbracht hatte, Hunderte von Dollar wert war, die mich erstaunte. Mein kleiner Besuch war wie eine Folge von „Antiques Roadshow". Dreihundert Dollar. Vielleicht sogar vierhundert.

Hm. Vielleicht hatte Tante Linda uns doch nicht gehasst.

Er reichte mir den Krug. „'Swanson's' in Milford wäre wahrscheinlich daran interessiert. Sie führen viele Nachlassstücke, obwohl sie eher auf Gemälde und Möbel spezialisiert sind."

Ich sah ihm an, dass er hoffte, ich würde ihm den Krug schenken, als ich ihn wieder entgegennahm. *Tut mir leid, Kumpel. Dieses Ding wird für meine Whirlpool-Reparatur bezahlen.*

„Woher wissen Sie so viel über Töpferwaren und Porzellan?", fragte ich und versuchte, die unangenehme Stille zu unterbrechen.

Er lächelte, nahm einen Teller, der auf einem Buch lag,

und wischte mit der Hand den Staub weg. „Meine Großmutter hat Porzellangegenstände gesammelt. Als ich klein war, hatte sie drei verschiedene Geschirrsets, die sie je nach Saison verwendet hat. Ich stand oft vor ihrem Geschirrschrank und starrte auf die Muster. Auf ihren Beistelltischen lagen Spitzendeckchen, auf denen kleine Figuren und Kristall-Krimskrams standen. In den Bücherregalen standen Tierfiguren aus Biskuitporzellan, glänzende Puttenengel und kleine bemalte Metallmöpse, aber es war das Porzellan, das mich faszinierte. Anstelle von Gemälden hingen spezielle Sammelteller an den Wänden. In gewisser Weise *waren* sie wie Gemälde für sie – blaue Delfter Szenen aus Holland, kleine Mädchen mit lockigem Haar, die auf einem Hocker saßen und lasen, während ein kleiner flauschiger Hund zu ihren Füßen lag. Detailreiche Blumen mit Goldfolienverzierung, die die gesamte Vorderseite des Tellers bedeckten. All das bedeutete ‚Oma‘ für mich, und als sie gestorben ist, habe ich diese Dinge aus ihrem Nachlass behalten.“

Ich verstand, dass Dinge sentimentalen Wert haben und tiefe Emotionen auslösen konnten, wenn sie mit Erinnerungen verknüpft waren, aber Mr. Peter hatte eindeutig viel mehr Porzellangegenstände in seinem Haus, als er aus der Sammlung seiner Großmutter behalten hatte. „Wann haben sich die Erinnerungen an Ihre Großmutter denn zu einem … Sammelhobby entwickelt?“

Ich wollte nicht unhöflich sein und ihn einfach einen Messie nennen, obwohl es offensichtlich war, dass seine Sammelwut schon lange außer Kontrolle geraten war.

„Als ich Omas Teller aus den Haltern nahm und mir die Rückseiten ansah, wurde ich neugierig. Ich begann nachzuschlagen, was die Markenzeichen bedeuten und in welchem Jahr die Teller hergestellt worden waren. Dann überlegte ich, was in diesem Jahr historisch gesehen passiert war und stellte mir meine Großmutter oder sonst jemanden vor, der in dieser Zeit gelebt hatte. Ich begann, Teller zu kaufen, die denen von meiner Oma ähnelten, und wenn ich sie in den Händen hielt, fühlte es sich jedes Mal so an, als würde ich eine kurze Reise in die Vergangenheit machen. Dann begann ich, Glaswaren aus der Zeit der Großen Depression zu kaufen, später auch Fayence. Eine Zeit lang habe ich Silberbesteck gekauft. Da drüben steht eine Schachtel mit einem zwölfteiligen Stieff-Set mit Rosenmuster. Es enthält sogar Gurkengabeln, Senfmesser und alles."

Es war eine bezaubernde Geschichte, die die ehemalige Journalistin in mir faszinierte. Darüber würde sich ein toller Lifestyle-Artikel schreiben lassen. Aber an irgendeinem Punkt musste alles schiefgelaufen sein. Mr. Peters nostalgische Porzellansammlung war in muffigen Kisten gelandet und sein Haus hatte sich in ein überfülltes Lagerhaus verwandelt. Und nichts davon erklärte, warum sein Garten voller verrosteter Waschmaschinen war.

„Ich habe gehört, Sie hätten Geräte repariert, bevor Sie in den Ruhestand gegangen sind", kommentierte ich. „Führen Sie immer noch Reparaturen aus?"

Mr. Peter ließ leicht den Kopf hängen. „Das würde ich gerne tun. Ich versuche es, aber es ist schwierig, Teile zu bekommen, und wegen der Arthritis in meinen Händen und meinem Rücken kann ich fast nicht mehr arbeiten. Mein Spezialgebiet war Kleinmotoren und Haushaltsgeräte, das war mein Beruf. Früher habe ich Dinge wie Kochherde, Waschmaschinen, Klimaanlagen und Rasenmäher repariert. Damals haben die Leute nicht einfach alles weggeworfen, was kaputt ging. Haushaltsgeräte waren teuer. Sie waren fast wie Autos. Man reparierte sie, wenn sie kaputt waren, denn sie sollten ein Leben lang halten."

Ich dachte an die alten Waschmaschinen in seinem Garten und dann fiel mir ein, dass meine Mutter auch über vierzig Jahre lang denselben Herd benutzt hatte. Sie hatte zwar ein paar Teile auswechseln müssen, aber ansonsten hatte das Ding immer zuverlässig funktioniert. Zugegeben, er hatte alt und abgewetzt ausgesehen und an einer Stelle war die Emaille abgeblättert, weil ein Schraubenschlüssel darauf gefallen war. Sie war zum Baumarkt gefahren und hatte eine kleine Tube Farbe gekauft, um die Stelle abzudecken, jedoch den falschen Farbton erwischt. Danach war immer ein dunkler Farbklecks zu sehen gewesen, der sich von dem avocadogrünen Hintergrund abhob. Als sie gestorben war und der Herd von einer Wohltätigkeitsorganisation abgeholt wurde, hatte er immer noch funktioniert.

„Das ist schade", kommentierte ich. „Retro-Geräte sind nämlich wieder voll im Trend. Mit fachmännisch reparierten funktionstüchtigen Originalgeräten lässt sich bestimmt gutes Geld verdienen."

Seine Augen leuchteten auf. „Es stehen drei Öfen aus den fünfziger Jahren im Hinterhof. Vielleicht könnte ich einen für Ersatzteile verwenden und bestellen, was ich sonst noch brauche, um die beiden anderen zu reparieren. Denken Sie, dass sie jemand wollen würde?"

Mir tat das Herz weh. Es ging nicht ums Geld. Mr. Peter hatte eindeutig genug Geld, wenn er tonnenweise Porzellan bei Versteigerungen kaufte. Er wollte sich nützlich machen, in Erinnerung bleiben, gesehen werden. Wenn ein alter Teller die Erinnerung an seine Großmutter aufrechterhielt, wenn ein Besteckset ihn an historische Ereignisse erinnerte, die nicht vergessen werden sollten, würde man sich vielleicht auch an ihn erinnern. Wenn alte und nutzlose Öfen, die weggeworfen worden waren, noch einmal zu neuem Leben erweckt werden konnten, galt das vielleicht auch für ihn. Dann blickte ich auf seine dünnen Finger und die dicken, geschwollenen Knöchel. Mir fiel auf, dass er sich bei jedem Schritt auf eine Kiste stützte und bei jedem Atemzug keuchte. Es war klar, dass Mr. Peter nicht in der Lage war, irgendwelche Öfen im Hinterhof zu reparieren.

Aber das musste nicht laut gesagt werden. Ein bisschen Wunschdenken konnte viel dazu beitragen, eine aufgewühlte Seele zu beruhigen. „Das ist eine großartige Idee, Mr. Peter!", rief ich. „Sie haben bestimmt viele Schätze, die sich im Handumdrehen reparieren lassen. Haben Sie zufällig einen alten Toaster? Einen, der sich an der Seite öffnen lässt?"

Er grinste und es erschienen tiefe Lachfältchen um seine Augen herum. „Ich habe tatsächlich ein paar alte Toaster. Soweit ich mich erinnere, sind sie in einem der Zimmer im Obergeschoss, dort, wo die Mixer sind."

„Oh, einen Mixer könnte ich auch gut gebrauchen", sagte ich. So viel zum Thema Krug verkaufen und mit dem Erlös die Whirlpool-Reparatur bezahlen. Es sah eher so aus, als würde ich meinem exzentrischen Nachbarn überholte alte Küchengeräte abkaufen, die ich nicht brauchte. Die Freude auf dem Gesicht des Mannes zu sehen würde es wert sein.

„Gerne, Mrs. Carrera. Kommen Sie nächste Woche vorbei, bis dann sollte ich einen, vielleicht sogar zwei, für Sie zur Auswahl haben." Er begleitete mich einen gewundenen Pfad entlang vom Wohnzimmer zur Haustür. „Ich wünsche Ihnen einen schönen Abend. Und passen Sie gut auf den schönen Krug auf."

Das hatte ich zweifellos vor. Ich würde ihn so schnell wie möglich zu „Swanson's" in Milford bringen.

5

Ich überquerte die Straße und zwängte mich mit dem Krug in den Händen durch meine schmale Tür, während ich versuchte, Taco mit dem Fuß davon abzuhalten, sich aus dem Haus zu schleichen. Es gelang mir, die Tür zu schließen, ohne ihn entwischen zu lassen. Er setzte sich vor mich hin, sah mich mit seinen grünen Augen an und miaute.

„Nein. Du gehst bestimmt wieder zu Mr. Peter hinüber und lässt dich von ihm füttern. Du bleibst so lange im Haus, bis du abgenommen hast."

Miau.

Taco wusste genau, dass er mich irgendwann zermürben würde, wenn er nicht aufgab, und ich ihn am Ende rauslassen würde. Vielleicht konnte ich ihn nachts rauslassen, wenn Mr. Peter schlief und ihn nicht füttern konnte. Aber ich mochte es, wenn er nachts im Haus war und zusammengerollt am Fußende meines Bettes schlief. Ich würde mir nur Sorgen machen, wenn er die ganze Nacht unterwegs war.

Ich stellte den Krug auf den Esstisch, ging in die Küche

und überlegte, was ich zu Abend essen sollte. Es war schon ziemlich spät für etwas, das viel Vorbereitung oder eine lange Garzeit erforderte. Ich beschloss, ein großes Sandwich zu essen und Eistee zuzubereiten, um dem Happy-Hour-Wein entgegenzuwirken, den ich zuvor auf der Veranda getrunken hatte.

Nun miaute Taco, weil er mein Sandwich entdeckt hatte und nicht mehr, weil er rausgelassen werden wollte. Ich ignorierte ihn so lange, bis er aufgab und sich beleidigt ins Obergeschoss zurückzog. Ich hoffte, dass er sich nicht an mir rächen würde, indem er meine Pflanzen ausgrub oder auf den Boden kackte. Wenn ich wollte, dass er eine Hauskatze war, die sich nicht im Freien aufhielt, würde ich ihm zusätzliches Katzenspielzeug besorgen müssen. Etwas, das ihn beschäftigt hielt. Vielleicht konnte ich selbst ein paar Spielzeuge basteln. Auf dem Dachboden lagen Teppichreste. Und eine Menge anderes Zeug. Einer der Nachteile eines großen Hauses war, dass man viel Platz hatte, um Dinge aufzubewahren, anstatt sie wegzuwerfen. Es war einfacher, einfach alles auf den Dachboden zu stellen oder bei einer Wohltätigkeitsorganisation vorbeizubringen, als darüber nachzudenken, ob man diese Dinge tatsächlich brauchte. Ich war weit davon entfernt, wie Mr. Peter zu leben, aber es gab bestimmt viele Dinge, die ich entsorgen konnte. Vielleicht befanden sich sogar Dinge wie dieser Krug darunter, die mir dringend benötigtes Geld einbringen würden.

Ich aß mein Sandwich am Esstisch, betrachtete den hässlichen Krug und versuchte, mich daran zu erinnern, was alles auf dem Dachboden lag. Kristallgläser, die ich nicht brauchte. Ein festliches Geschirrset. Perlen, Draht und Werkzeuge, die ich vor Ewigkeiten gekauft hatte, als ich dachte, ich würde Schmuck herstellen und verkaufen. Körbchen, die ich behalten hatte, weil ich sie für Bananen-Nuss-Brot verwenden wollte, wenn ich Backwaren als Weihnachtsgeschenke verschenkte. Und das ganze Weihnachtsgeschenkpapier, das ich den Kindern in der Nachbarschaft abgekauft hatte, bevor ich merkte, dass es viel einfacher war, Geschenktüten und Seidenpapier zu verwenden.

Das war noch nicht alles. Es standen immer noch viele von Elis Sachen auf dem Dachboden, die ich wahrscheinlich aussortieren musste. Einen Monat nach der Beerdigung hatte ich alle seine Kleider eingepackt und gespendet. Ich hatte keinen Grund gesehen, sie zu behalten, aber es war schwierig gewesen. Es waren die Kleider gewesen, die Eli die letzten zehn Jahre seines Lebens getragen hatte, aber ich hatte auch einen ganzen Schrank voller Kleider gehabt, die aus der Zeit vor dem Unfall stammten. Anzüge, Hemden, Hosen und Fliegen, die er jeden Tag im Krankenhaus getragen hatte. Kittel - ikonische weiße Arztkittel -, die er über seinem Anzug getragen hatte, wenn er nicht in der Chirurgie war. Ich hatte sie nach dem Unfall aufbewahrt, weil ich zunächst nicht akzeptieren wollte, dass mein Mann nie wieder der Chirurg sein würde, der er einst gewesen war. Es war mir zu diesem Zeitpunkt nicht richtig erschienen, sie wegzugeben. Es wäre gewesen, als hätte ich ihn aufgeben, als hätte ich nicht daran geglaubt, dass er das alles überstehen und nach der Reha, die sowohl körperliche als auch kognitive Therapie beinhaltete, wieder arbeiten würde.

Als die Monate zu Jahren wurden, hatte ich sie aus einem anderen Grund im Schrank aufbewahrt. Der Eli im Erdgeschoss war nicht der Mann, den ich geheiratet hatte. Er war nicht der Mann, in den ich mich verliebt hatte, als ich im College Englisch als Hauptfach studierte. Er war jemand anderes. Und wenn ich die Klamotten des früheren

Eli weggepackt hätte, hätte ich das nicht nur zugeben, sondern auch wichtige Teile meines – *unseres* – Lebens aufgegeben, das wir vor dem Unfall geführt hatten. Ich hatte die Kleider behalten und mich beinahe so sehr an ihnen festgeklammert wie an der Hoffnung, dass er eines Tages wieder zu dieser Person werden würde. Ich hatte diesen Traum nicht zerstören dürfen, denn auch ich lebte mit der Illusion, dass er wieder zu Doktor Carrera werden würde.

Wir hatten zehn Jahre lang mit dieser Illusion gelebt. Selbst einen Tag vor dem Schlaganfall, der mir meinen Mann für immer nahm, hatte ich noch Hoffnung gehabt, obwohl ich genau wusste, dass er nie wieder der alte Eli sein würde. Tief in meinem Herzen hatte ich immer noch einen winzigen Hoffnungsschimmer gehabt. Und seine Kleider hatten immer noch in unserem Schrank gehangen.

Ich hatte sie erst Wochen nach seinem Tod einpacken und weggeben können. Ich hatte seine ganzen Sachen zusammengepackt. Seine anderen Kleider hatte ich bereits gespendet. Die Erinnerungsstücke an den Chirurgen, der er einst gewesen war, hatte ich zuletzt zusammengepackt.

Als ich mein Sandwich aufgegessen hatte, gab ich eine bescheidene Menge „Happy Cat" in Tacos Napf und schlich mich auf den Dachboden, während er gierig sein Futter verschlang. Eine Stunde später standen ein paar Kisten mit Gegenständen im Flur, die ich bei „Swanson's" vorbeibringen wollte. Alles andere würde warten müssen. Die ganze Übung hatte Mitgefühl für Mr. Peter in mir geweckt. Es war anstrengend gewesen, zu entscheiden, wovon ich mich trennen und was ich behalten wollte. Wenn mein Haus auch nur halb so vollgestopft wie seins gewesen wäre, hätte ich das Ganze als überwältigend empfunden.

Es war kurz vor zehn, als Richter Beck mit den Kindern nach Hause kam. Madison trug immer noch ihre Softballuniform und schleppte einen Rucksack hinter sich her, der aussah, als würde er fünfundzwanzig Kilo wiegen. Henry schien mehr Energie zu haben. Dann fiel mir ein, dass er heute Abend nur trainiert hatte, während seine Schwester ein Spiel gehabt hatte. Morgen würde es umgekehrt sein, zuerst kam Madisons Training, dann Henrys Spiel. Die Kinder riefen „Gute Nacht" und gingen nach oben, aber Richter Beck ging wieder zu seinem Auto und kehrte mit einer Kiste zurück, die er auf meinem Esstisch abstellte. Er packte eine Akte nach der anderen aus, als wäre die Kiste einer dieser Behälter, aus denen Zauberer einen endlosen Strom bunter Schals zogen.

„Sie können gerne den Schreibtisch im Arbeitszimmer benutzen", sagte ich. Obwohl es mir nichts ausmachte, wenn er am Esstisch arbeitete. Ich dachte nur, dass er im Arbeitszimmer mehr Ruhe hätte.

„In diesem Universum gibt es keinen Schreibtisch, der groß genug für all dieses Zeug ist." Er zog weitere Akten aus der Kiste. „Vermutlich ist nicht einmal Ihr Esstisch groß genug. Ich muss wahrscheinlich auch den Boden benutzen."

Uff. „Kann ich Ihnen behilflich sein? Kann ich etwas für Sie tun?"

„Ja, Sie könnten mich klonen. Ich bin heilfroh, dass ich übers Wochenende keine Gerichtsfälle habe, sonst würde ich ganz schön in der Klemme stecken."

„Meine Klongeräte sind leider gerade alle in der Reparatur, aber ich kann Ihnen gerne ein Sandwich zubereiten oder eine Kanne Kaffee kochen."

Er sah mich an und lächelte müde. „Kaffee wäre toll. Wir haben nach dem Spiel etwas gegessen, obwohl man Hotdogs aus der Mikrowelle und quadratische Tiefkühlpizzen nicht unbedingt als Essen bezeichnen kann."

„Snob", rief ich und ging in die Küche. Ein paar Minuten

später sickerte Kaffee durch den Filter und es breitete sich ein berauschender Duft im Erdgeschoss aus. Ich wartete, bis die Kanne halb voll war, und schenkte dem Richter eine Tasse ein. „Wie trinken Sie ihn? Ich kann mich nicht erinnern."

„Nur einen Löffel Zucker bitte."

Half ihm das, die bittere Medizin zu schlucken? Half es ihm beim Lesen der Briefings und der Zusammenfassungen? Ich gab einen Löffel Zucker in seinen Kaffee, rührte um und trug die Tasse ins Esszimmer, wo ich Richter Beck erblickte, der mit einer Akte in den Händen regungslos dastand und auf den Gegenstand auf meinem Tisch starrte.

„Was um alles in der Welt ist dieses hässliche – ich meine, dieses ... das hier."

Er musste erschöpft sein, wenn ihn ein Porzellankrug aus der Ruhe brachte.

„Sie meinen dieses scheußliche Ding? Das ist ein Rörstrand-Krug aus dem neunzehnten Jahrhundert, der, wie ich erfahren habe, drei- bis vierhundert Dollar wert sein soll."

Dem Richter fiel die Kinnlade herunter und hielt immer noch die Akte in der Hand. „Sie machen wohl Witze."

„Nein, im Ernst. Elis Tante Linda hatte ihn uns zur Hochzeit geschenkt und nachdem er fünf Jahre auf dem Fenstersims stand, habe ich ihn auf den Dachboden verbannt. Dort oben stehen jede Menge Dinge, die ich aussortieren muss. Der Krug hat mir noch nie gefallen, aber er bringt Geld ein. Doppelt gemoppelt!"

„Und was werden Sie mit Ihrem neu gewonnenen Reichtum tun?"

Für die Reparatur des Whirlpools bezahlen. „Ich werde einen Toaster kaufen. Und einen Mixer."

Er blinzelte und legte endlich die Akte auf den Tisch. „Ich habe heute Morgen den Toaster benutzt. Er funktioniert. Und ich kann mich nicht erinnern, dass Sie gesagt hätten, mit dem Mixer sei etwas nicht in Ordnung."

„Oh, beide Geräte funktionieren einwandfrei", sagte ich munter. „Aber Mr. Peter von gegenüber repariert alte Geräte und er hat einen dieser alten Toaster, die sich an der Seite öffnen lassen, und einen Mixer aus den fünfziger Jahren, die er mir verkaufen will."

Richter Beck starrte mich an. „Wer sind Sie und was haben Sie mit meiner Vermieterin angestellt? Sind Sie Kays böse Zwillingsschwester? Eine Außerirdische, die ihre Gestalt angenommen hat, um unsere modernen, einwandfrei funktionierenden Geräte durch schwere, weniger funktionale und viel teurere Antiquitäten zu ersetzen?"

„Ich bin immer noch Kay. Ich bin nur eine Idiotin, die ein weiches Herz hat", sagte ich. „Ich lebe seit über dreißig Jahren hier und habe bis gestern nie wirklich mit dem Mann auf der anderen Straßenseite gesprochen."

Seine Augenbrauen schossen nach oben. „Wie sind Sie denn von ‚mit ihm reden' zu ‚ihm alten Scheiß abkaufen' gekommen?"

Ich hob die Hände hoch. „Ich weiß es auch nicht. Er hat mir von der Porzellansammlung seiner Großmutter erzählt und davon, wie er früher seinen Lebensunterhalt damit verdient hat, Geräte zu reparieren. Ehe ich mich versah, habe ich versprochen, ihm einen Toaster abzukaufen. Er hat sich so darüber gefreut, dass ich ihm auch gleich noch einen Mixer abkaufen werde."

Richter Beck blickte in seine Kiste und zog eine weitere Akte heraus. „Jetzt, wo ich Ihre Schwäche kenne, werde ich alle Pfadfinderinnen von Ihrer Tür fernhalten. Und die College-Kids, die Messersets verkaufen."

Ich dachte an das ganze Geschenkpapier auf dem Dachboden und fand, dass er mit seiner Einschätzung, dass ich einem emotionsbasierten Verkaufsgespräch nicht widerstehen konnte, nicht ganz falschlag.

„Mal sehen, ob ich jemals meine Minzkekse mit Ihnen teilen werde, Sie Schlaumeier." Ich zog meinen Laptop aus der Tasche. „Ich gehe nach oben. Schalten Sie die Kaffeemaschine aus, wenn Sie fertig sind?"

Er nickte und zog weitere Akten aus seiner Kiste, während ich das Esszimmer verließ und in mein Zimmer ging. Zehn Uhr war ein bisschen früh, um mich zurückzuziehen, aber da der Richter mein Esszimmer in Beschlag genommen hatte, beschloss ich, mich im Schlafanzug in die Bettdecke einzukuscheln und ein paar Dinge auf meinem Laptop nachzuschlagen - und mir vielleicht ein paar lustige Katzenvideos anzusehen. Taco schien meine Gedanken gelesen zu haben. Er raste an mir vorbei die Treppe hoch, rannte in mein Zimmer und sprang auf das Bett, um sich seinen Lieblingsplatz zu sichern.

Ich machte mich bettfertig, kroch unter die Bettdecke und war unglaublich zufrieden. Taco schmiegte sich an meine Seite und stieß mit dem Kopf gegen meinen Arm. Ich streichelte ihn, öffnete mit der anderen Hand meinen Laptop und gab ein paar Begriffe im Suchfeld der Suchmaschine ein.

Die Weisheit des Internets verriet mir, dass es sehr schwierig war, jemanden dazu zu zwingen, sein Haus zu verlassen und in ein betreutes Wohnheim zu ziehen. So etwas schien eine richterliche Anordnung vorauszusetzen und Richter entzogen Personen nur dann das Recht, so zu leben, wie sie es wollten, wenn sie eine Gefahr für sich selbst oder andere darstellten. Im Sinne von Verletzungs- oder Lebensgefahr. Eine Tante mit eingeschränkter Mobilität konnte nicht aus ihrem Haus vertrieben werden, nur weil ihre Familie befürchtete, dass sie die Treppe hinunterstürzen könnte, selbst wenn das schon vorgekommen war. Ein Richter würde sich so einen Fall nur dann anhören, wenn die Tante innerhalb kurzer Zeit immer wieder gestürzt wäre und nach einem Sturz lange Zeit nicht um Hilfe hätte rufen können. Es musste ein Muster bestehen, ein Verhalten, das sich wiederholte. Es konnte jedem passieren, dass er versehentlich einen Topf auf dem Herd stehen ließ und einen kleinen Brand verursachte. Nur wenn jemand zusätzlich den Keller überflutete, mit dem Auto rückwärts durch das Garagentor fuhr, vergaß, seine Medikamente zu nehmen, und zwei Wochen lang nicht duschte, konnte dies allenfalls dazu führen, dass er in ein Heim ziehen musste. Allenfalls. Was ich bisher von Mr. Peter gesehen hatte, ließ mich vermuten, dass sein Neffe mit seiner Vorgehensweise nichts erreichen würde.

Will Lars' Chancen, Mr. Peter aus seinem Haus zu vertreiben oder gar das Haus abreißen zu lassen, standen genauso schlecht. Wenn mein Nachbar das Haus gemietet hätte, wäre es einfacher gewesen, da ein Vermieter einen Verstoß gegen die Bedingungen des Mietvertrags geltend machen oder den Mietvertrag am Ende der Laufzeit einfach beenden konnte. Aber da Mr. Peter der Eigentümer des Grundstücks war und viel länger als ich hier lebte, konnte er nur dann aus seinem Haus vertrieben werden, wenn das Gebäude strukturelle Probleme hatte, die entweder seine eigene Sicherheit oder die der Nachbarn gefährdeten. Und das war einfach nicht der Fall. Wie ich J.T. schon erklärt hatte, würde ihn die Stadt höchstens wegen Verstoß gegen ein paar Regeln vorladen. Danach würde sich die Angelegenheit ewig in die Länge ziehen. Das Einzige, was man ihm vorwerfen konnte, war, dass die engen Passagen der Feuerwehr die Arbeit erschwerten und diese einen allfälligen Brand möglicherweise nicht rechtzeitig unter Kontrolle bringen würde. Ich vermutete, dass die Stadt Mr. Peter eine Liste mit einfachen Verbesserungsarbeiten geben würde, die er irgendwann ausführen würde, damit hätte sich die Sache. Es würden weiterhin Waschmaschinen im Garten stehen und stapelweise Kisten und Geschirr das Haus versperren.

Um Mitternacht klappte ich den Laptop zu und legte ihn gähnend auf den Nachttisch. Auf dieser Seite des Bettes spürte ich plötzlich einen kalten Luftzug und am Rand meines Blickfeldes tauchte ein altbekannter Schatten auf. Diesmal saß er jedoch auf der Bettkante und schien nicht sicher zu sein, ob er willkommen war oder nicht.

„Ich gehe schlafen", sagte ich zu dem Schatten. „Sieh zu, dass du Taco nicht aufweckst und halte deine kalten Füße von mir fern."

Ich schaltete das Licht aus und wusste nicht, ob der Schatten blieb oder ging, ob er neben mir ins Bett kroch oder einfach auf der Bettkante sitzen blieb. Unter der Bettdecke war er *nicht* willkommen. Dort war niemand willkommen. Es war zehn Jahre her, seit ich mein Bett mit jemandem geteilt hatte. Ich konnte den Gedanken nicht ertragen, mit jemand anderem als Taco unter der Bettdecke zu kuscheln.

6

Als ich am Samstagmorgen nach unten kam, lagen die Akten wieder in der Kiste, die jetzt in einer Ecke neben dem Esstisch stand. Es roch nach Kaffee und als ich in die Küche ging, entdeckte ich eine Schachtel mit Donuts auf der Kücheninsel. Den dumpfen Geräuschen über meinem Kopf nach zu urteilen, waren die Kinder schon wach und rannten herum.

Sie übten. Für die Spiele. Richter Beck hatte in der Küche ein paar Kisten Limonade gestapelt, die ich in eine Kühlbox für die Kinder packen würde. Am Kühlschrank hing eine Notiz, auf der stand, dass er bereits einen Pizzalieferdienst beauftragt habe und mehrere Tüten mit Pommes in der Speisekammer stünden. Ich stibitzte einen Krapfen aus der Donut-Schachtel und begann, die Zutaten für einen Kuchen aus dem Schrank zu holen. Wenn ich mich beeilte, würde er bereits zum Abkühlen auf der Kücheninsel stehen, wenn ich kurz vor zehn zum Augenarzt ging.

Obwohl es wahrscheinlich keine gute Idee war, ihn auf der Kücheninsel abkühlen zu lassen. Taco saß zu meinen Füßen und miaute beharrlich. Ich konnte ihn nicht nach draußen lassen und sobald der Kuchen unbeaufsichtigt war, würde er sich sofort über ihn hermachen.

Hmm. Ich konnte ihn weder in den Kühlschrank noch in den Ofen stellen. Aber vielleicht konnte ich ihn mit ein paar Geschirrtüchern bedecken und im Weinkeller abkühlen lassen. Dort würde Taco sich nicht hineinschleichen können. Ich musste nur daran denken, ihn rechtzeitig für die Party wieder herauszuholen. Es wäre schade, wenn ich mir so viel Mühe machte, nur um zwei Wochen später einen harten, verschimmelten Kuchen im Weinkeller vorzufinden.

Gerade, als ich eine Bestandsaufnahme meiner Zutaten machte, kam eine Elefantenherde die Treppe hinunter.

„Ich will Taco füttern!", verkündete Madison, hüpfte in die Küche und öffnete die Schachtel mit den Donuts. „Hey, da fehlt schon einer. Wer hat ihn gegessen?"

„Ich. Vermietersteuer", erklärte ich. „Übrigens ist Henry an der Reihe, Taco zu füttern."

Der Junge langte über die Schulter seiner Schwester, schnappte sich einen Donut mit Schokoladenglasur und Streuseln und streckte seiner Schwester die Zunge raus.

„Sei nicht so kindisch", schimpfte sie und nahm sich einen Boston Creme Donut.

Henry steckte sich den Donut in den Mund und hielt ihn mit den Zähnen fest, während er das „Happy Cat"-Futter herausholte und sorgfältig die Menge für Tacos Frühstück abmaß. Der Kater schlich erwartungsvoll vor seinem Napf herum. Henry war viel besser darin, Tacos Futterration richtig zu bemessen. Madison tendierte dazu, den Messbecher zu überhäufen. Sobald Henry das Futter in den Napf gegeben hatte, stürzte der Kater sich darauf.

„Was für einen Kuchen soll ich für heute Abend backen?", fragte ich Madison.

Sie beäugte die Zutaten, die auf der Theke lagen. „Einen, der nicht schmilzt. Wie wäre es mit einem Sandkuchen? Wir könnten die Preiselbeeren im Gefrierschrank verwenden."

Die, die ich gerne in meinen Wein plumpsen ließ? Aber davon wusste Madison natürlich nichts. Ich hatte erwartet, dass sie sich Schokolade, Schokolade und noch mehr Schokolade wünschen würde. „Wirklich? Du möchtest einen Preiselbeer-Sandkuchen?"

Sie nickte und grub mit dem Zeigefinger den Vanillepudding aus der Mitte ihres Donuts. „Ich mag Sandkuchen. Und ich mag Preiselbeeren."

Ich überlegte einen Moment. „Preiselbeeren und Orange? Ich könnte ihn mit einer Vanilleglasur versehen, damit er etwas süßer schmeckt."

„Und Walnüsse. Dann wird er leicht knusprig."

Mir schwirrte eine Idee durch den Kopf, die nicht viel mit der Party zu tun hatte. „Kochst du gerne, Madison?"

Sie lachte. „Ich lasse sogar Wasser anbrennen. Ich esse lieber Take-Away-Gerichte anstatt zu kochen, aber zur Weihnachtszeit backe ich gerne Plätzchen und Kuchen. Ich verwende jedoch immer Fertigmischungen."

„Es gibt viele gute Fertigmischungen", sagte ich. „Wenn du möchtest, können wir einen Backtag einlegen. Ich habe viele Rezeptbücher, einige davon stammen sogar aus meiner Kindheit. Wir wählen ein Rezept aus und ich helfe dir, die Zutaten zu mischen."

Sie grinste. Die Schokoladenspur an ihrem Mund ließ sie jünger als fünfzehn aussehen. „Papa hat im Juni Geburtstag. Ich könnte einen Geburtstagskuchen für ihn backen."

Perfekt. „Dann sieh die Rezepte durch, wähle eines aus

und schreib auf, welche Zutaten wir brauchen. Dein Vater wird sich bestimmt darüber freuen."

„Worüber denn?" Richter Beck kam herein und warf einen Blick in die Donut-Schachtel. „Hey, wer hat meinen Krapfen gegessen?"

Ups.

„Macht nichts." Er packte mit der einen Hand die Schachtel und griff mit der anderen nach seinem Thermos-Kaffeebecher. „Wir müssen los, sonst kommen wir zu spät. Henry, sind deine Sachen im Auto?"

„Ja!"

„Madison?"

Das Mädchen seufzte. „Zum tausendsten Mal, ja! Bis später, Miss Kay. Und vielen Dank!"

Ich winkte ihnen nach und rief in den Flur hinaus, dass sie Taco nicht entwischen lassen sollten. Dann wandte ich mich wieder meinen Zutaten zu. Walnüsse. Eine Orange. Preiselbeeren. Mehl. Salz, Backpulver, Zucker, Butter, Eier und Milch. Vanilleextrakt. Ich trommelte mit den Fingern auf meine Lippen und sah mich um. Als ich mich vergewissert hatte, dass der Richter und die Kinder gegangen waren, holte ich eine Flasche Grand Marnier aus dem Schrank. Der Alkohol würde verdunsten, dem Sandkuchen jedoch einen zusätzlichen Orangengeschmack verleihen.

Ehrlich gesagt ließ er sich genauso leicht zubereiten wie ein Kuchen aus einer Fertigmischung, nur würde er viel besser schmecken. Ich schälte die Orange und rieb ein wenig von der Schale ab, dann gab ich die Schnitze in einen Kochtopf. Als sie zu köcheln begannen, hackte ich die Nüsse klein und gab die Preiselbeeren hinzu. Dann verrührte ich die Butter mit dem Zucker und fügte Eier, Schnaps und Vanille hinzu. Ich rührte weiter, bis die Masse glatt und cremig war. Danach fügte ich abwechselnd etwas Mehl und

Milch hinzu, während der Mixer seine Arbeit tat. Schließlich hob ich die gekochten Früchte und die gehackten Nüsse unter den Teig und goss ihn in eine gefettete und bemehlte Form. Ich schob die Form in den Ofen, duschte und zog mich an. Als der Kuchen fertig war, zog ich ihn wieder heraus, verbarrikadierte ihn vor der Katze und ließ ihn zehn Minuten lang abkühlen. Kurz bevor ich gehen musste, stürzte ich ihn auf ein Gitter, bedeckte ihn mit einem sauberen Geschirrtuch und trug ihn in den Weinkeller hinunter, damit er fertig abkühlen konnte.

Taco folgte mir und schien fest entschlossen zu sein, mich irgendwie zum Stolpern zu bringen, damit er sich auf den Kuchen stürzen konnte. Es gelang mir, seine Pläne zu vereiteln und den Kuchen außer Reichweite des Katers in Sicherheit zu bringen.

Die nächste Herausforderung bestand darin, mich aus der Tür zu quetschen, ohne den Kater entwischen zu lassen. Als ich schließlich im Auto saß, atmete ich auf und machte mich auf den Weg zum Augenarzt. Ich freute mich auf den Abend. Teenager-Mädchen. Pizza und Pommes. Limonade und Kuchen. Sie würden im Whirlpool sitzen, kichern und sich über Jungs, Softball, die Schule und das College unterhalten.

Wie sehr sich mein Leben in nur drei Monaten verändert hatte. Ich genoss jede Minute.

7

„Es ist alles in Ordnung, Kay." Doktor Berkowitz rollte seinen Stuhl zurück und sah mich ernst an. Heute trug er ein T-Shirt, auf dem Yoda abgebildet war. „Aber Sie haben Glaskörperflocken", sagte er. „Ich kann die viskose Flüssigkeit sehen. Sie sind nicht so schlimm, dass sie entfernt werden müssten, das wäre zu riskant."

Das sagte er bei jedem Termin. Obwohl ich erleichtert war, dass mit meiner Sehkraft alles in Ordnung war, die Sache mit den Glaskörperflocken gefiel mir nicht. Die Schatten, die ich sah, sahen ganz anders aus als die, die der Arzt beschrieben hatte. Sie sahen eher wie verschwommene, dunkelgraue Geister aus - und benahmen sich auch so. Sie schienen eher mentale als visuelle Ursachen zu haben. Oder paranormale.

„Doktor Berkowitz, glauben Sie an Geister?" Vielleicht musste ich als Nächstes einen Termin bei einem Psychiater vereinbaren, aber ich hatte das Bedürfnis, mich jemandem anzuvertrauen, der mir vielleicht zu einer anderen Sichtweise verhelfen würde.

Er sah mich überrascht an. „Geister? Nicht wirklich. Ich glaube, dass wir manchmal eine gewisse Präsenz wahrnehmen, aber es ist gut möglich, dass es unser Verstand ist, der uns nach dem Verlust eines geliebten Menschen trösten will, damit wir uns an ein Leben ohne ihn gewöhnen. Aber Häuser, in denen es spukt, und solche Dinge? Meiner Meinung nach sind das nur wilde Fantasien.“

Ich holte tief Luft und machte mich bereit, ihm etwas wirklich Peinliches anzuvertrauen. „Diese Dinger, die ich sehe, sind keine Glaskörperflocken, so wie Sie sie beschrieben haben. Wenn mit meinen Augen alles in Ordnung ist, müssen diese Schatten Geister sein. Einer schwebt abends immer um mich herum und manchmal auch tagsüber. Er geht einfach neben mir her oder steht in der Nähe. Ich kann ihn aus dem Augenwinkel sehen.“

Der Arzt neigte den Kopf zur Seite, sah mich mitfühlend an und legte die Hand auf meine Schulter. „Kay, Sie haben Ihren Gatten verloren, den Mann, mit dem Sie fast vierzig Jahre lang verheiratet waren. Wenn man so lange mit jemandem zusammen war, ist es normal, sich vorzustellen, dass er immer noch in der Nähe ist und Dinge tut, die er immer getan hat.“

Vielleicht. Und der Schatten war *tatsächlich* zu einer tröstenden Präsenz geworden. Aber ich wollte nicht glauben, dass meine Trauer Elis Geist hier festhielt oder dass seine Schuldgefühle, weil er mich verlassen hatte, ihn davon abhielten, ins Jenseits überzutreten. Vielleicht war eher ein Besuch bei Reverend Lincoln als beim Psychiater angesagt. Oder vielleicht sollte ich der Trauergruppe der Baptistenkirche beitreten.

Aber ich sah nicht nur diesen abendlichen Geist, der vielleicht Eli war. Ich erinnerte mich an den Tag, an dem ich Caryn Swansons Leiche gefunden hatte. Ich hatte zweimal diesen Schatten gesehen und er war ganz anders gewesen als der, der mich abends besuchte.

„Aber was ist, wenn es nicht nur die Trauer ist?", sinnierte ich. „Einer dieser Schatten hat mir gezeigt, wo Caryn Swansons Leiche lag."

Er klopfte mir auf die Schulter und schien sich unbehaglich zu fühlen. Als wollte er das Gespräch wieder auf medizinische Themen oder das Wetter lenken. „*Das* war wahrscheinlich eine Glaskörperflocke. Oder die Kombination von einer Glaskörperflocke und Ihrer Vorstellungskraft, weil Sie trauern. Vielleicht sollten Sie mit jemandem darüber sprechen."

Er hatte recht. Und mir wurde klar, dass mein Augenarzt mir in dieser Angelegenheit nicht weiterhelfen konnte. Ich bedankte mich bei Doktor Berkowitz und verließ seine Praxis. Ich ging beim Bauernmarkt vorbei, um frische Erdbeeren zu kaufen, und hielt dann bei einem Bastelladen an, um mir die Wollauswahl anzusehen. Ich hatte am Vorabend, nach unserer Happy Hour auf der Veranda, nicht mehr an der Mütze gearbeitet, aber heute Nachmittag würde ich etwas Zeit haben und ich war fest entschlossen, sie fertig zu stricken. Meinem Strick-Lernset hatte gerade genügend Wolle für eine Babymütze, einen Schal und drei Topflappen beigelegen. Eigentlich hatte ich in den letzten drei Monaten neun Topflappen gestrickt, wenn man die mit einrechnete, die ich wieder hatte auftrennen müssen, einschließlich des ersten, der sich aufgelöst hatte, als ich ihn benutzte. Der Schal ... na ja, ich würde ihn wohl nicht in der Öffentlichkeit tragen. Ich hatte ernsthaft überlegt, ihn wieder aufzutrennen und noch einmal neu anzufangen, nachdem ich ein bisschen mehr über Muster und Stiche gelernt hatte.

Neue Wolle würde mir neuen Elan verschaffen. Es

würde meiner Kreativität neuen Schwung verleihen und die Begeisterung wiedererwecken, die ich gehabt hatte, als ich das Strickset erstanden hatte. Es war langweilig, immer dasselbe zu stricken, ohne wenigstens neue Wolle zu verwenden.

Als ich im Laden war, verlor ich mich in den verschiedenen Wollsorten, die von einfachen Zwirnen bis zu aufwändig hergestellten Seidengarnen mit vogelfederartigen Einsätzen reichten. Ich verließ den Bastelladen mit einer Tüte voller Garn, von dem ich nicht wusste, ob es sich überhaupt für Topflappen oder Babymützen eignete. Obwohl sich aus dem mit den Vogelfedern bestimmt ein hübscher Schal stricken ließ. Ich stellte mir vor, wie exzentrisch ich aussehen würde, wenn ich im Herbst mit einem Schal herumstolzierte, der wie eine extravagante türkisfarbene Federboa aussah.

Als ich wieder zu Hause war, verbrachte ich den Nachmittag damit, den Sandkuchen mit einer Vanilleglasur zu verzieren, die Babymütze fertig zu stricken - die am Ende sogar wie eine Babymütze aussah - und mir einen Film anzusehen, den ich aufgenommen hatte. Eine Stunde bevor Richter Beck Madison und die Mädchen vorbeibringen wollte, ging ich erneut auf den Dachboden und grub die alten Weihnachtslichter aus. Ich schleppte die Lichterketten nach draußen und schlang sie um ein paar Bäume, den Pavillon, den Whirlpool und den Zaun.

Es hatte eine Zeit gegeben, in der diese Lichterketten jedes Fenster und jeden Giebel unseres Hauses geziert hatten. Sie hatten von der Regenrinne bis zum Verandageländer gereicht und unser Haus von Thanksgiving bis Neujahr mit kleinen weißen Punkten verziert. Im ersten Jahr hatte Eli versucht, sie selbst aufzuhängen, jedoch schnell erkannt, dass es keine gute Idee war, wenn ein

Chirurg auf eine Leiter erklomm und versuchte, Lichterketten an der Dachkante zu befestigen. Ich war erleichtert gewesen, als er sich seine Niederlage eingestand und stattdessen den Handwerker, der unser Dach repariert hatte, für diese Aufgabe anheuerte.

Die Lichterketten waren alle aufgehängt gewesen, als Eli zwei Tage vor Silvester seinen Unfall hatte. Ralph war zwar am zweiten Januar vorbeigekommen, um sie wieder abzunehmen, aber ich hatte ihn gebeten, es nicht zu tun. Ich hatte es immer als bedrückend empfunden, unser Haus in unbeleuchtetem Zustand zu sehen. Außer dem Verandalicht und der Lampe im Erkerfenster gab es keine Außenbeleuchtung. Ich hatte es immer gehasst, wenn die Lichterketten entfernt wurden. Es war, als hätten wir uns der Dunkelheit des Winters unterworfen und uns dem unvermeidlichen Tod hingegeben, den die kalten Januarnächte mit sich brachten. Ich war jeden Tag zum Krankenhaus gefahren und hatte am Bett meines Mannes gesessen, der nur wenige Tage vorher noch so lebendig, intelligent und energetisch gewesen war. Ich hatte mich gefragt, ob er jemals wieder aus dem Koma erwachen und den nächsten Frühling erleben würde. Die Weihnachtsbeleuchtung hatte mir Hoffnung gegeben, wenn ich spät abends in meine Einfahrt einbog und spürte, wie die eisigen Finger des Winters sich um mich legten.

Mit Eli an meiner Seite war es einfacher gewesen, dem Tod quasi ins Auge zu blicken, nachdem Ralph die Lichter entfernt hatte. In diesem Jahr hatte ich ihn weggeschickt. Erst als der Krankenwagen Eli nach Hause gebracht hatte und er sicher im ehemaligen Arbeitszimmer untergebracht war, hatte ich Ralph gebeten, die Lichterketten abzunehmen. Ich hatte die Lichter nicht mehr gebraucht, weil Eli wieder zu Hause war und sich erholen würde, auch wenn es viel Zeit und Energie in Anspruch nahm. Ich war fest davon überzeugt gewesen, dass Eli wieder laufen, jeden Tag zum Krankenhaus fahren und mir von seinen Patienten und den bevorstehenden Operationen erzählen würde, bis es wieder Zeit war, die Weihnachtsbeleuchtung aufzuhängen. Ich hatte die Lichter nicht mehr gebraucht, weil ich dachte, dass alles wieder gut werden würde. Dass ich die Dunkelheit abgewehrt hatte. Dass wir mit dem Tod gerungen und ihn besiegt hatten. Dass alles andere ein Kinderspiel sein würde.

Die Weihnachtsbeleuchtung war nie wieder aufgehängt worden. Und ich hatte lernen müssen, dass man zwar mit dem Tod ringen, ihn jedoch nicht besiegen konnte.

Die Kinder kamen zur gleichen Zeit wie der Pizzabote an. Sie strömten wie Springbohnen aus Richter Becks Geländewagen, hüpften quiekend und kichernd über den Rasen und hatten kleine Kordelzugbeutel umgehängt. Ich unterschrieb für die Pizzen und winkte Richter Beck zu, der erschöpft wirkte und mit Henry, der erleichtert aussah, in Richtung Sportplatz davonfuhr.

Diese Poolparty war die einfachste und angenehmste Party, die ich je veranstaltet hatte. Madisons Freundinnen waren höflich und zuvorkommend. Nachdem sie die Pizzen und die Pommes verzehrt und mit Limonade hinuntergespült hatten, halfen sie beim Aufräumen und gingen ins Haus, um sich umzuziehen. Schließlich rannte ein Wirbelwind aus Bikinis und langen Haaren in den Garten hinaus und kletterte in den Whirlpool. Als es langsam dunkel wurde, knipste ich die Lichterketten an und die Mädchen riefen begeistert, wie magisch alles sei.

Als ich ins Haus ging, um den Kuchen zu holen, merkte ich, dass etwas fehlte ... besser gesagt, dass *jemand* fehlte. Taco. Ich hatte ihm sein Abendessen bereits gegeben und anstatt ihn im Keller einzusperren, hatte ich die Mädchen gebeten, ihn nicht aus dem Haus zu lassen. Ich machte ihnen keinen Vorwurf. Taco war ziemlich raffiniert und ich hatte gewusst, dass es nur eine Frage der Zeit war, bis er entwischen würde.

Verdammt. Er war zweifellos bei Mr. Peter drüben, der ihm bestimmt Hähnchensandwich fütterte. Zum Glück war er ein Kater, der seine Routine mochte. Er würde in ungefähr einer Stunde wieder zurückkommen, kurz bevor ich ins Bett ging.

Kurz nach Sonnenuntergang hielten mehrere Autos am Straßenrand an. Das mussten die Eltern von Madisons Freundinnen sein, die sie abholen kamen. Genaugenommen waren es drei Mütter, die die Stufen zu meiner Veranda erklommen - und sie waren eine Stunde zu früh. Ich öffnete die Tür, stellte mich vor und war froh, dass ich einen großen Sandkuchen gebacken hatte. Ich führte sie in den Garten, schaltete die Kaffeemaschine ein und holte ein paar zusätzliche Teller und Gabeln aus dem Schrank.

Mir fiel erst auf, als ich wieder draußen war, dass die drei Frauen für einen Samstagabend besonders gut frisiert waren. Vielleicht waren sie bei einer Wohltätigkeitsveranstaltung oder einem Toastmasters-Treffen gewesen. Oder vielleicht trugen Mütter von Mädchen im Teenageralter samstags immer Röhrenjeans und enge, tief ausgeschnittene Oberteile und viel Make-up. Obwohl ich mich nicht erinnern konnte, dass Heather - die Mutter von Madison und Henry - jemals so ausgesehen hatte, wenn sie am Wochenende vorbeigekommen war, um die Kinder abzuholen.

Den Mädchen und den Frauen schmeckte der Preiselbeer-Orangen-Walnuss-Sandkuchen und ich zollte Madison Anerkennung dafür. Die Mädchen zogen sich um, suchten ein paar Minuten nach Taco und machten sich dann eine nach der anderen auf den Heimweg. Sie bedankten sich höflich bei mir und riefen Madison zu, dass sie sie am Montag beim Training sehen würden.

Ich zuckte zusammen, als mir jemand einen Arm um die Taille legte und mich kurz drückte. „Vielen Dank, Miss Kay. Sie sind die Beste."

„Gern geschehen, Süße." Ich umarmte sie zurück. „Es hat Spaß gemacht. Und deine Freundinnen sind sehr nett. Sie sind jederzeit willkommen, solange dein Vater damit einverstanden ist. Ich werde bald ein Grillfest für die Nachbarschaft veranstalten, vielleicht kannst du eine oder zwei deiner Freundinnen dazu einladen. In dieser Straße gibt es nicht viele Mädchen in deinem Alter."

„Das wäre toll!" Sie marschierte davon, blieb jedoch vor der Tür stehen, drehte sich um und warf mir ein strahlendes Lächeln zu. „Ich bin froh, dass Papa bei Ihnen eingezogen ist. Ich meine, ich wünschte, er und Mama würden sich nicht scheiden lassen, aber sie haben die ganze Zeit nur gestritten und es hat sich oft kälter als am Südpol angefühlt, wenn sie sich im selben Zimmer aufhielten. Sie scheinen seit der Trennung nicht viel glücklicher zu sein, aber Papa verbringt jetzt mehr Zeit mit uns und wir haben Sie und Taco kennengelernt. Ich mag Ihr Haus und Ihre Katze. Wir werden hier viel mehr Spaß haben, als wenn Papa in irgendeine Wohnung gezogen wäre."

Ich blinzelte, weil mir die Tränen in die Augen stiegen. „Ich bin auch froh, dass dein Vater bei mir eingezogen ist. Ich mag es, euch drei um mich zu haben, und Taco auch. Apropos, ich muss meine Katze suchen. Kannst du bitte den Rest des Kuchens und die leeren Kaffeetassen wegräumen und die Lichterketten ausschalten, wenn du fertig bist?"

„Klar, Miss Kay." Sie rannte die Stufen hoch und ein paar Sekunden später wurde die Hintertür zugeschlagen.

Ich drehte mich um und wappnete mich für die bevorstehende Aufgabe. Es war erst neun Uhr. Bei Mr. Peter war das Verandalicht an und in ein paar Innenräumen brannte Licht. Ich musste meinen Kater da rausholen, bevor er dem armen Mann die Haare vom Kopf fraß. Ich strich mein T-Shirt glatt, holte tief Luft und überquerte die Straße. Dann schlängelte ich mich durch die alten Geräte zur Haustür.

Ich klopfte an die Tür und wartete. Ich erinnerte mich, dass Mr. Peter ziemlich lange brauchte, um zur Vorderseite des Hauses zu gelangen. Nach ein paar Minuten kam ich mir blöd vor, auf der Veranda dieses Mannes zu stehen. Ich dachte, er hätte mich vielleicht nicht gehört, und klopfte erneut. Dann noch einmal.

Dieses Mal hörte ich etwas, aber es war nicht das Geräusch einer Tür, die aufgeschlossen wurde, oder Schritte. Es war das Miauen eine Katze.

„Taco? Mr. Peter?"

Das Miauen wurde lauter. Ich versuchte, durch das Seitenfenster zu spähen, in der Hoffnung, meinen Kater zu sehen, aber ich konnte nur Kisten, Aufbewahrungsbehälter und die Rückenlehne eines schmutzigen Sofas sehen. Und Licht, das irgendwie durch die Ritzen des ganzen Gerümpels drang. „Mr. Peter? Ist alles in Ordnung? Es tut mir leid, dass ich Sie stören muss. Ich bin hier, um meine Katze zurückzuholen."

Ich hörte immer noch nichts. Na ja, nichts, außer meiner Katze. Er war wahrscheinlich im Obergeschoss oder hinter dem Haus. Es gab keine Türklingel und wegen dem ganzen Gerümpel in seinem Haus hatte er vermutlich nicht gehört, dass ich geklopft hatte. Ein Teil von mir stellte sich automatisch das Schlimmste vor; dass er medizinische Hilfe brauchte oder gestürzt war und nicht aufstehen konnte. Ob Mr. Peter wohl so ein Notknopf-Ding hatte? Ich konnte mich nicht daran erinnern, eines gesehen zu haben. Ich machte mir Sorgen, obwohl vor einer Stunde noch alles in Ordnung gewesen sein musste, wenn er meine Katze in sein Haus gelassen hatte. Ich drehte am Türknauf. Die Tür war nicht abgeschlossen.

„Mr. Peter?", rief ich ins Haus. Dann rannte mir eine zirpende Katze mit abstehendem Fell entgegen. Es war Taco. Es musste Taco sein, aber wo um Himmels willen hatte er sich herumgetrieben? Die Teile seines Fells, die nicht abstanden, waren feucht. Die helleren seiner grauen Streifen sahen ganz dunkel aus. Ich stieß die Tür ein Stück weiter auf und bückte mich, um Taco hochzuheben. Als ich sein feuchtes Fell ertastete, stieg mir ein metallischer Geruch in die Nase und ich entdeckte rote Pfotenspuren auf dem Boden.

„Mr. Peter?", rief ich erneut. Meine Stimme klang schrill und besorgt. Ich setzte Taco wieder ab und betrat das Haus. Er war gestürzt. Er war gestürzt und hatte sich den Kopf angestoßen. Deshalb war er nicht zur Tür gekommen. Das Einzige, was mich davon abhielt, den Notruf anzurufen, war der irrationale Gedanke, dass Taco eine Flasche alten Himbeersirup zerbrochen und sich darin herumgewälzt haben könnte. Es wäre peinlich, wenn das Rettungsauto vor dem Haus vorfahren würde und die Sanitäter Mr. Peter unter der Dusche antrafen.

„Hallo?" Es war schwieriger als zuvor, sich durch den Flur zu kämpfen. Kisten versperrten den schmalen Pfad und es war alles verschoben worden. Ich musste mich um sie herumschlängeln, als würde ich durch die Serpentinen einer Bergstraße navigieren. Als es mir schließlich gelang, zum ehemaligen Wohnzimmer vorzudringen, wurde mir klar, dass Mr. Peter wahrscheinlich nicht unter der Dusche stand. Er war ein Messie, wenn auch ein einigermaßen ordentlicher. Als ich die umgekippten Kisten, das zerbrochene Geschirr und die zerschmetterten Küchengeräte sah, schwirrten tausend Gedanken in meinem Kopf herum. Vielleicht hatte er einen Herzinfarkt erlitten und bei dem verzweifelten Versuch, zum Telefon zu gelangen, seine Habseligkeiten umgestoßen.

Ich kletterte über eine staubige Kommode und entdeckte ein Paar Beine auf dem Küchenboden. Es dauerte eine Weile, bis ich die ganzen Kisten aus dem Weg geschoben hatte und Mr. Peter erblickte, der mit dem Gesicht nach unten in einer Blutlache lag. Es war eindeutig sein eigenes Blut. Er bewegte sich nicht. Neben ihm stand eine braune Kiste, in der ein Schwert steckte.

8

In Wirklichkeit traf die Polizei in weniger als fünf Minuten ein, aber es fühlte sich wie eine Stunde an. Da ich nicht einfach nur dastehen und meinen Nachbarn anstarren konnte, ohne zu versuchen, ihm zu helfen oder zumindest seinen Puls zu fühlen, ging ich neben ihm in die Hocke und legte die Hand auf seinen Rücken.

„Mr. Peter?", fragte ich leise. Er schien nicht zu atmen und als ich die Finger auf sein Handgelenk legte, konnte ich außer meinem eigenen rasenden Puls nichts spüren. Ich versuchte erfolglos, ihn auf den Rücken zu drehen. Es war, als würde man versuchen, nasse Sandsäcke zu bewegen, die aneinander gebunden waren. Meine Hände und Arme waren voller Blut.

Da ich offensichtlich nicht in der Lage war, irgendwelche medizinische Versorgung zu leisten und den Tatort nicht kontaminieren wollte, trat ich einen Schritt zurück und wartete. Meine Arme streckte ich unbeholfen von meinem Körper weg, damit meine Kleider kein Blut abbekamen.

Ich fühlte mich taub und wurde von einer Welle des Entsetzens erfasst, die sich mit Sachlichkeit und einem makabren Sinn für Humor vermischte. Ich hatte vorher in meinem ganzen Leben noch nie eine Leiche gesehen ... und dann plötzlich zwei innerhalb von drei Monaten. Eli rechnete ich nicht mit, da er technisch gesehen auf dem Weg ins Krankenhaus gestorben war. Mein zweiter Mordfall. Na ja, jedenfalls nahm ich an, dass es sich um einen Mordfall handelte. Ich beäugte das Schwert und begann, mir alle möglichen Unfallszenarien vorzustellen. Wie war es möglich, dass ein älterer Mann in seinem eigenen Haus von einem nachgebildeten Schwert in Museumsqualität erstochen worden war? Wenn er genau im richtigen Winkel gestürzt war, war das Schwert vielleicht vom Boden abgeprallt und in die Kiste katapultiert worden. Oder vielleicht hatte Mr. Peter niederschmetternde Nachrichten erhalten - entweder über seinen Gesundheitszustand oder den Wert eines geliebten Porzellanstücks -, „Seppuku" begangen und das Schwert nach der Tat in die Kiste gesteckt. Oder vielleicht hatte Taco ihn erschreckt, als er mit dem Schwert Tomaten kleinschnitt, und er hatte sich versehentlich aufgespießt und das Schwert vor Wut in die Kiste gerammt, bevor er seinen Verletzungen erlag.

Was die ganze Sache noch schlimmer machte, war, dass ein Schatten am Rand meines Blickfeldes aufgetaucht war, der über dem Ofen schwebte. Er blieb einen Augenblick in der Luft stehen und schwebte dann zu der Leiche hinüber. Einen Moment lang sah es so aus, als würde er in die Hocke gehen, dann erhob er sich wieder und schwebte zum Schwert, das aus der Kiste ragte.

Ich hoffte, dass dieser Geist nicht wie einer aus „Poltergeist" war, denn ich bezweifelte, dass die Polizei mir eine

Geschichte von einem Geist abkaufen würde, der den Tatort kontaminierte und die Ermittlungen in einem Mordfall störte. Ich war fest davon überzeugt, dass es sich um einen Geist handelte. Er fühlte sich nicht so an wie der, der mir abends Gesellschaft leistete, und er hatte eine andere Form. Aber wenn ich an Geister glaubte, war es naheliegend anzunehmen, dass dies Mr. Peters Geist war, der nach seinem gewaltsamen Tod zurückgeblieben war. Seine Anwesenheit löste Panik in mir aus. Genauso wie das Blut an meinen Händen. Der Mann schien mich gemocht zu haben - meine Katze definitiv auch - aber wer wusste schon, wozu der Geist eines ermordeten Mannes in der Lage war?

Ich war erleichtert, als endlich die Polizei eintraf und den wilden Höhenflügen meiner blühenden Fantasie ein Ende setzte. Ich wurde durch ein weiteres Labyrinth in einen Raum geführt, der früher einmal das Esszimmer gewesen sein musste, und befragt, während die Polizisten sich über das ganze Gerümpel wunderten und darauf warteten, dass der Gerichtsmediziner und die Techniker eintrafen. Der Geist folgte mir und schwebte über einem staubbedeckten Damast-Stuhl. Ich wünschte, er wäre bei der Leiche in der Küche geblieben.

„Vielleicht ist er über eine Kiste gestolpert und auf das Schwert gefallen", sinnierte einer der Polizisten, der in der Küche stand.

„Und hat es vor lauter Wut in die Kiste gesteckt, bevor er umgekippt ist?", spöttelte ein anderer. „Klar."

Officer Adams gesellte sich zu mir in den Speisesaal, sah sich vergeblich nach einer Sitzgelegenheit um und lehnte sich schließlich gegen ein Buffet, auf dem stapelweise Teller und Lampen standen. Er zückte ein Notizbuch und einen Bleistift und bat mich, ihm zu erzählen, was passiert war.

Ich erzählte ihm von meiner Katze und meinen vorherigen Besuchen bei Mr. Peter. Dann erklärte ich, dass ich Taco gehört und gedacht hatte, mein Nachbar sei gestürzt und brauche Hilfe, als ich das viele Blut sah.

„Und das Blut an Ihren Händen?", fragte er.

Ich hatte es abwischen wollen, jedoch nichts Geeignetes gefunden. Es war mir unhöflich erschienen, blutige Handabdrücke auf den Kisten zu hinterlassen. Ich hoffte, dass ich mir bald die Hände waschen konnte. Meine emotionale Taubheit ließ allmählich nach und meine feuchten Hände waren ein Hinweis darauf, dass sich eine Panikattacke anbahnte.

„Ich wollte sehen, ob er atmet und einen Puls hat." Ich sah auf meine Hände und schluckte leer. „Ich war nicht sicher und er lag mit dem Gesicht nach unten. Ich dachte, ich könnte ihn umdrehen und ..."

Was tun? Mund-zu-Mund-Beatmung? Wiederbelebungsversuche? Ich musste mir die Hände waschen. Ich musste das Blut loswerden.

„Hatten Sie irgendwelche Probleme mit Mr. Peter? Irgendwelche Meinungsverschiedenheiten, abgesehen davon, dass er Ihre Katze gefüttert hat?"

Hatte ich ihn richtig verstanden? Wollte mir dieser Polizist etwa unterstellen, etwas mit dem Tod meines Nachbarn zu tun zu haben? Mord. Es war Mord, obwohl ich nicht wirklich daran denken wollte, solange Blut an meinen Händen klebte und seine Leiche im Zimmer nebenan lag. Er musste versehentlich auf das Schwert gefallen sein.

„Nein. Er wollte einen alten Toaster für mich reparieren. Er hat mir erst gestern ein Gutachten für einen Krug gegeben, den mein Mann und ich als Hochzeitsgeschenk bekommen hatten. Und ich war nicht böse wegen der Katze.

Na ja, ich war ein bisschen sauer auf die *Katze*, aber nicht auf Mr. Peter. Er war ein einsamer Mann, der eindeutig Probleme hatte, aber ich selbst hatte nie Probleme mit ihm."

Officer Adams kritzelte in sein Notizbuch. „Gibt es sonst jemanden, der Meinungsverschiedenheiten mit Mr. Peter hatte?"

Mir wurde das Herz schwer. „Ja. Es haben sich alle über den ganzen Schrott in seinem Garten geärgert. Als die Millers vor ein paar Jahren ihr Haus verkaufen wollten, haben sie versucht, die Stadt dazu zu bringen, Mr. Peters Haus abreißen zu lassen und ihn in ein Wohnheim zu verbannen, und Will Lars nebenan war frustriert, weil er ein B&B eröffnet hat und der Schrott seine Gäste vertreibt." Ich überlegte einen Moment. „Oh, und am Freitag kam Mr. Peters Neffe vorbei und es kam zu einem Streit. Ich glaube, er wollte seinen Onkel dazu bringen, in ein betreutes Wohnheim zu ziehen."

Kritzel. Kritzel. „Sonst noch jemand?"

„Na ja, ich meine, sehen Sie sich mal um." *An meinen Händen klebt Blut. Meine Hände sind voller Blut.* „Wir geben uns Mühe, unsere Häuser und Grundstücke zu pflegen. Es ist unschön, dass sich mitten in unserem Viertel ein solcher Schandfleck befindet. Aber nur, weil wir uns über die vielen kaputten Waschmaschinen in seinem Garten geärgert haben, heißt das noch lange nicht, dass ihm jemand von uns den Tod gewünscht hat. Wenn das das Motiv wäre, käme die halbe Nachbarschaft als Täter in Frage. Der Zählerleser des Elektrizitätswerks vermutlich auch, denn er musste jedes Mal, wenn Mr. Peter ihn nicht vertrieb, einen Hindernisparcours hinter sich bringen, wenn er den Zähler ablesen wollte."

„Sie würden sich wundern, wenn Sie wüssten, aus

welchen Gründen Leute Morde begehen", kommentierte der Beamte trocken. „Haben Sie außer der Leiche irgendetwas angefasst? Das Schwert vielleicht? Wir müssen Ihre Fingerabdrücke nehmen, damit wir Sie ausschließen können."

Wenigstens schienen sie mich nicht mehr als Verdächtige zu sehen, nur, weil meine Katze auf Wanderschaft gegangen war. Als Fingerabdrücke erwähnt wurden, sah ich wieder auf meine Hände und begann, mir Sorgen über das Blut zu machen. Es war immer noch klebrig, begann jedoch, eine harte kalte Kruste auf meinen Fingern zu bilden. Würde es Flecken hinterlassen? Würde ich am Waschbecken stehen und mir wie Lady Macbeth die Hände wund schrubben, um es loszuwerden?

Was hatte Officer Adams mich gefragt? Oh, ja. „Nein. Ich meine, vielleicht habe ich mich auf ein paar Kisten gestützt, als ich hereinkam, und ich musste über diese Kommode klettern, um in die Küche zu gelangen, aber außer Mr. Peter habe ich nichts berührt. Nur mein Handy." O nein. Mein Handy war vermutlich auch voller Blut. Es war ein Wunder, dass es mir gelungen war, es einzuschalten.

„Das Schwert also nicht?"

„Nein, das Schwert habe ich nicht berührt", wiederholte ich. Vielleicht hatte ich etwas berührt, an das ich mich nicht mehr erinnern konnte, aber ich war sicher, dass ich das Schwert nicht berührt hatte. „Oh, aber mein Kater war wahrscheinlich überall. Sein Fell ist voller Blut. Deshalb wusste ich, dass etwas nicht stimmte. Deshalb habe ich das Haus betreten. Normalerweise gehe ich nicht einfach so in die Häuser meiner Nachbarn. Ich bin keine Diebin. Das Fell meines Katers war blutbeschmiert und Mr. Peter hat nicht geantwortet, als ich an die Tür klopfte. Ich habe mir Sorgen gemacht."

Ich schwafelte vor mich hin. Kein Wunder, dass Kriminelle immer wieder erwischt wurden. Ich saß noch nicht einmal in einem Verhörzimmer und sang schon wie ein Kanarienvogel. Obwohl Kriminelle unter Druck wahrscheinlich ruhiger waren als ich. Ich war ziemlich sicher, dass der Mörder nicht auf seine Hände starrte, eine Panikattacke abwehrte und sich fragte, ob sich Blut mit Nagellackentferner entfernen ließ. Oder vielleicht doch, wer wusste das schon?

„Kay?" Richter Beck erschien in der Tür und sah mich besorgt an. „Was ist hier los? Ich bin eben nach Hause gekommen und Madison ist ganz außer sich, weil Tacos Fell voller Blut ist und ein halbes Dutzend Polizeiautos gegenüber unseres Zuhauses stehen."

Gegenüber unseres Zuhauses. Obwohl ich kurz vor einer Panikattacke stand, blühte ich innerlich auf, als ich das hörte. Meine Eltern waren gestorben. Elis Eltern waren gestorben. Weder Eli noch ich hatten Geschwister - und wir hatten nie Kinder gehabt. Sehnte ich mich so sehr nach einer Familie, dass ich Richter Beck und seine Kinder als eine Art Rettungsleine sah, an die ich mich klammerte? Ich hoffte, dass dies, wie die Schatten, eine Auswirkung der Trauer war. In zwei Jahren würde er wieder ausziehen und sich eine eigene Wohnung kaufen, und im Gegensatz zu einer *richtigen* Familie würden die drei höchstwahrscheinlich den Kontakt zu mir abbrechen und mir nur noch gelegentlich eine Weihnachtskarte oder eine Einladung zu einer Abschlussfeier schicken.

„Mr. Peter wurde ermordet." Ich war stolz darauf, dass ich so ruhig klang. „Die Polizei schließt jedoch nicht aus, dass er auf sein Schwert gefallen sein könnte."

Ich wusste nicht, warum ich das hinzufügte. Es klang lächerlich. Vielleicht wollte ich damit den Gedanken abschwächen, dass direkt gegenüber von meinem Zuhause - unserem Zuhause - ein Mord passiert war.

Der Richter starrte mich schockiert an. „Auf sein Schwert gefallen? Sie meinen, er hat „Seppuku" begangen? War er Japaner? Ich glaube, ich habe den Mann nie gesehen."

Officer Adams funkelte Richter Beck an, musste ihn jedoch erkannt haben, denn plötzlich huschte eine Art misstrauischer Respekt über sein Gesicht. „Nein, Sir. Es war eindeutig Mord, aber wir müssen den Bericht des Gerichtsmediziners abwarten, bevor wir an die Öffentlichkeit gehen."

„Mrs. Carrera", fuhr er fort. „Sie haben gesagt, sie wären schon einmal hier gewesen. Können Sie sagen, ob etwas fehlt?"

Diebstahl? Wer in aller Welt würde einen Messie bestehlen? Man würde mindestens sechs Monate baggern müssen, um unter dem ganzen Toilettenpapier und den kaputten Geräten etwas Wertvolles zu finden.

„Ich weiß es nicht. Es scheint, als wären ein paar Dinge verschoben worden, aber so, wie Mr. Peter mir erzählt hat, hat er neue Porzellangegenstände erhalten, die er gegen ältere ausgetauscht und neben der Haustür ausgestellt hat. Er hat gesagt, er bewahre ein paar wertvolle Fayence-Gegenstände im Obergeschoss auf, aber ich habe sie nie gesehen und nach Mr. Peters Maßstäben war alles in seinem Haus wertvoll."

Der Beamte kritzelte eine weitere Information in sein Notizbuch, dann schnippte er mit den Fingern und hielt mir eine Visitenkarte entgegen, als wäre er ein Taschenzauberer. „Vielen Dank. Wenn Ihnen noch etwas einfällt, rufen Sie uns bitte an."

Ich nahm an, dass die Befragung vorüber war. Ich sah

mich um und überlegte, auf welchem Pfad ich das Haus verlassen sollte, da ich weder den Tatort kompromittieren noch mit einem gebrochenen Knöchel im Krankenhaus landen wollte.

„Soll ich durch die Hintertür rausgehen?" Ich zeigte in die ungefähre Richtung. Im Gegensatz zu meinem Haus gab es in dem von Mr. Peter keine Tür, die von der Küche zum hinteren Teil des Hauses führte. Seine Hintertür befand sich in einem kleinen Zimmer, das man vom ehemaligen Esszimmer aus betreten konnte, in dem ich stand.

Officer Adams sah zur Tür hinüber. „Das wäre gut. Aber Sie müssen ein paar Kisten aus dem Weg schieben. Und ich weiß nicht, ob sie sich überhaupt öffnen lässt."

Das wusste ich auch nicht. Vielleicht hatte sich das Holz so verzogen, dass die Tür klemmte - oder sie war von außen zugestrichen worden. Was passierte mit einer Tür, wenn sie jahre- oder gar jahrzehntelang nicht benutzt wurde?

Obwohl er angedeutet hatte, dass ich die Kisten selbst aus dem Weg schieben müsse, half mir der Beamte dabei, mir einen Weg zur Tür zu bahnen. Wir bildeten eine Art Kette, wie bei der Feuerwehr: Er reichte mir eine Kiste, die ich an Richter Beck weiterreichte, der sich umsah und versuchte, einen Platz dafür zu finden, ohne einen der bestehenden Türme zum Umstürzen zu bringen.

Dann platzte plötzlich die Unterseite einer Kiste auf, die Officer Adams in den Händen hielt. Er zog sofort das Knie hoch und fing den Inhalt auf, bevor er herausfallen und zerbrechen konnte.

„Hier." Ich ertastete die Unterseite der Kiste und zog einen Gegenstand heraus, der wie eine Lampe im Tiffany-Stil aussah. Ich nahm an, dass das Stück eine Nachbildung war, obwohl es genauso gut eine echte Tiffany-Lampe hätte sein können. Ich fragte mich, wie viele der Gegenstände in diesem Haus echte Antiquitäten und wie viele davon alte Nachbildungen waren.

Richter Beck nahm mir die Lampe aus der Hand und betrachtete sie stirnrunzelnd. „Ich weiß, dass dies eine sichere Gegend ist, aber vielleicht sollten wir dafür sorgen, dass sich keine Plünderer ins Haus schleichen. Sind die Angehörigen des Mannes verständigt worden? Gibt es eine Alarmanlage im Haus?"

Der Beamte ertastete vorsichtig die Unterseite der nächsten Kiste, öffnete den Deckel und begann, einen Satz Glasteller mit Rautenmuster-Rand herauszuziehen. „Wir haben noch nicht herausgefunden, wer seine Angehörigen sind, Sir. Und soweit wir beurteilen können, gibt es keine Alarmanlage, nur ein einfaches Schloss am Türknauf."

„Neugierige Nachbarn sind die beste Alarmanlage", sagte ich. „Und unsere sind besonders neugierig."

„Dann hoffe ich, dass jemand besonders neugierig war und gesehen hat, wer zwischen vier und neun Uhr bei Mr. Peter ein- und ausging", kommentierte er und reichte mir die Teller.

Zwischen vier und neun? Das schien keinen Sinn zu ergeben. „Es muss später gewesen sein. Die Haustür war nicht angelehnt, als ich rüberkam. Jemand hat meinen Kater in dieses Haus gelassen und er ist erst nach sechs Uhr entwischt. Wahrscheinlich eher gegen sieben."

Seine Augenbrauen schossen nach oben und er hielt inne, zog sein Notizbuch heraus und notierte meinen Kommentar. „Sind Sie sicher, Mrs. Carrera?"

„Ja. Taco war drinnen, als ich um sechs den Kuchen aus der Küche geholt habe. Vermutlich hat ihn eines der Mädchen aus Versehen rausgelassen. Wir haben erst um halb acht gemerkt, dass er verschwunden war. Als die Mädchen kurz vor neun gegangen sind und er nicht aufgetaucht ist, habe ich angenommen, dass er bei Mr. Peter war. Er hat ihn immer mit Hähnchensandwiches gefüttert." Meine Stimme zitterte leicht, als ich die letzten Worte sagte. Er hatte meine Katze wirklich gemocht. Es war traurig, dass er Taco nicht mehr mit seinen Resten verwöhnen konnte. Als hätte er meine Trauer gespürt, schwebte der Schatten vom Damast-Stuhl in die Küche zurück. Gut. Von mir aus konnte er dort bleiben.

Ich überlegte einen Moment. Dieses Zeitfenster bedeutete, dass Mr. Peter entweder noch am Leben gewesen war und Taco zwischen sechs und sieben hereingelassen hatte, oder dass der Mörder den Kater hereingelassen hatte, als er das Haus verließ. Ich schloss eine Sekunde lang die Augen und spielte in Gedanken verschiedene Szenarien durch. Wenn Mr. Peter Taco hereingelassen hatte, wäre er während des Mordes weggerannt und hätte sich versteckt. Er hätte sich erst wieder herausgetraut, nachdem der Mörder gegangen war. Und wenn der Mörder früher hier gewesen war, hätte Taco ins Haus rennen können, als er ging. Der Mörder hätte vermutlich kaum Zeit verschwendet und riskiert, erwischt zu werden, nur, um eine Katze in einem Haus voller Kisten und Gerümpel aufzuspüren. Er hätte einfach die Tür zugezogen und Taco im Haus gelassen.

„Hier."

Ich öffnete die Augen und sah, dass Officer Adams mir eine weitere Kiste reichte. Jetzt konnte man die Tür sehen. Richter Beck stellte die letzte Kiste hin, drängte sich an mir vorbei und half dem Beamten, die festgeklemmte Tür zu öffnen. Er betätigte den Lichtschalter neben dem Fenster, aber der Hinterhof blieb dunkel.

„Ich habe eine Idee." Richter Beck zog sein Handy heraus und tippte auf dem Bildschirm herum. Die eingebaute Taschenlampe leuchtete knapp anderthalb Meter weit. Das war zwar praktisch, aber wir mussten trotzdem vorsichtig sein.

Der Beamte ließ die Tür offen, damit das Licht aus dem Inneren des Hauses auf den Hinterhof fiel, der wie der Drehort eines postapokalyptischen Films aussah. Neben unzähligen Rasenmähern, Herden und Kühlschränken standen mehrere verrostete Motorräder und zwei heruntergekommene Autos auf Schlackenblöcken. Es waren zwei Schuppen zu sehen, von denen einer eingestürzt war, weil das Holz verfault war. Der Hof war von einem palisadenähnlichen Zaun umgeben, der in einigen Abschnitten von Streben gestützt wurde, während andere Teile durchhingen. Das ganze Durcheinander war mit hohem Gras, Weinreben und etwas, das wie Giftefeu aussah, überwuchert.

In diesem Moment tat mir Will Lars leid - und die Tennisons, die auf der anderen Seite von Mr. Peters Grundstück wohnten. Der Zaun blockierte zwar die Sicht auf das größte Durcheinander, aber vom Obergeschoss aus hatten beide Nachbarn freie Sicht auf den chaotischen Hinterhof.

„Es wird ewig dauern, bis seine Erben das ganze Zeug entsorgt haben", murmelte Richter Beck, als er vorsichtig die schiefe Holztreppe hinunterging.

„Schon möglich. Wir werden uns wahrscheinlich daran gewöhnen müssen, dass lange Zeit ein riesiger Müllcontainer auf der Straße stehen wird." Er bot mir die Hand an, aber ich lehnte ab, ich stand ziemlich sicher auf den Füßen. Und falls die Treppe einstürzen sollte, würde er mich nicht mit sich ziehen.

Richter Beck sah sich im Hinterhof um. Ich erhaschte einen kurzen Blick auf sein Gesicht, als das Handylicht aufleuchtete. Es überraschte mich, dass er nicht angewidert, sondern traurig aussah.

„Armer Kerl. Der Gemeindedienst hätte ihm bestimmt geholfen, wenn er sich gemeldet hätte."

„Er war nicht der Meinung, dass er Hilfe brauchte. Er wollte alle diese Sachen, obwohl ich glaube, dass er ein bisschen einsam war. Und er vermisste es, nützlich zu sein."

Wir bahnten uns schweigend einen Weg durch das Labyrinth aus Gerümpel und Unkraut und versuchten, dem Giftefeu auszuweichen. Als wir den etwas weniger überfüllten Garten vor dem Haus erreichten, fühlte ich mich erleichtert, als hätte ich mich erfolgreich durch ein Minenfeld navigiert.

„Das sind zwei in drei Monaten, Kay", kommentierte Richter Beck. „Sie scheinen eine Spürnase für Mordopfer zu haben."

„Ich kann Tote sehen", sagte ich trocken. Die Ironie war, dass ich tatsächlich langsam glaubte, Tote zu sehen. Hoffentlich begann Richter Beck nicht daran zu zweifeln, dass ich ein guter Umgang für seine Kinder oder mein Haus ein sicherer Ort für sie war. „Zum Glück sind die Mörder immer schon verschwunden, wenn ich die Opfer finde. Ich ertappe sie nie auf frischer Tat."

Er warf mir einen schnellen Blick über die Schulter zu. „Hat der Bürgermeister nicht versucht, Sie umzubringen?"

Das hatte ich vergessen. So etwas vergaß man normalerweise nicht so schnell. „Nur dieses eine Mal. Obwohl mir dafür ein bisschen Prahlerei zustünde, finden Sie nicht? Schließlich können nicht viele Leute behaupten, dass ihr Bürgermeister versucht hat, sie zu ermorden."

Es war furchterregend gewesen, deshalb hatte ich es auf die leichte Schulter nehmen müssen. Sonst hätte ich eine Panikattacke bekommen und das wäre für niemanden gut gewesen.

„Dieses Mal belassen wir es lieber beim Opferfinden", kommentierte er.

„Ich hoffe, dass Mr. Peter das letzte Opfer ist, das Sie finden. Zwei sind mehr als genug für ein ganzes Leben." Und dass der Bürgermeister einmal in meinem Leben eine geladene Waffe auf mich gerichtet hatte, war auch mehr als genug. Aber unser Bürgermeister saß jetzt im Gefängnis und ich bezweifelte, dass er irgendetwas mit dem Tod des armen Mr. Peter zu tun hatte.

Aber wer war der Mörder? Der Neffe? Ich wusste, dass er die ganzen Beschwerden über seinen Onkel satthatte, aber ich konnte mir nicht vorstellen, dass er ihn innerhalb von vierundzwanzig Stunden, nachdem er auf der Veranda mit dem alten Mann gestritten hatte, ermordet hatte. Und Will Lars ... hatten ihm die Stadtinspektoren gesagt, dass sie wegen des schlechten Zustandes des Grundstücks nichts unternehmen konnten? Schließlich hatte Mr. Peter seine alten Waschmaschinen nicht auf *ihrem* Rasen aufbewahrt. War Will so frustriert über die Situation gewesen, dass er Mordlust bekommen hatte? Ich konnte mir jedoch nicht vorstellen, dass er Mr. Peter mit einem Schwert erstechen würde.

Aber wie Officer Adams gesagt hatte, man konnte nie wissen, wozu Menschen in der Lage waren, wenn sie wütend waren.

Madison und Henry warteten auf meiner Veranda. Das Mädchen hielt Taco in den Armen, dessen Fell ganz nass war. Sie musste ihn gebadet haben, was er wahrscheinlich mit jeder Faser seines Körpers gehasst hatte. Als ich die Stufen hinaufstieg, sah ich, dass ihre Augen vom Weinen ganz geschwollen waren. Henry sah aus, als hätte er die Leiche gefunden.

Ich starrte auf das getrocknete Blut an meinen Händen

und versteckte sie hinter dem Rücken. „Warum setzen wir uns nicht alle ins Wohnzimmer? Ich werde uns Kakao machen und dann essen wir den restlichen Kuchen."

Henrys Gesicht hellte sich auf, als ich den Kuchen erwähnte, und wir gingen ins Haus. Ich eilte in die Küche und war froh, dass sich das Blut ziemlich leicht abwaschen ließ und es mir nicht wie Lady Macbeth erging. Kurz darauf kehrte ich mit einem Tablett, auf dem vier Tassen Instant-Kakao und ein Teller mit dem restlichen Sandkuchen standen, ins Wohnzimmer zurück. Madison klammerte sich immer noch an Taco, der auf ihrem Schoß döste. Henry sprang auf, als ich das Wohnzimmer betrat, und half mir, den Kuchen und die Tassen vom Tablett zu nehmen. Dann bediente er sich.

Ich nahm auch eine Tasse und setzte mich. „Ich weiß nicht, was ihr euch zusammengereimt habt, aber ich werde euch sagen, was ich weiß."

Es konnte nicht schaden, wenn die Kinder über die Einzelheiten und die Fakten Bescheid wussten. Ich wusste, dass eine blühende Fantasie Dinge kreieren konnte, die viel beängstigender als die Realität waren.

„Ist es Mr. Peter?", flüsterte Henry mit weit aufgerissenen Augen. „Ist er ... tot?"

Ich nickte. „Taco ging immer zu ihm, weil Mr. Peter ihm jeden Tag ein paar Bissen Hähnchensandwich gegeben hat. Er hat sich während unserer Party aus dem Haus geschlichen und als er nicht zurückkam, war ich ziemlich sicher, dass er auf der anderen Straßenseite war und dort seine Hähnchenleckereien genoss."

Madison lachte auf und schlug sich die Hand vor den Mund. Richter Beck warf ihr einen strengen Blick zu, aber ich lächelte sie beruhigend an.

„Es kam niemand zur Tür, als ich klopfte, aber ich

konnte Taco im Haus miauen hören. Nach einer Weile dachte ich, dass Mr. Peter etwas passiert sein könnte, dass er vielleicht gestürzt war und deshalb nicht mehr zur Tür kam. Dann ging ich hinein. Ich habe ihn in der Küche gefunden. Er war bereits tot, als ich ihn erreichte."

„Aber Taco war voller Blut", sagte Madison leise.

Ich warf Richter Beck einen fragenden Blick zu. So gerne ich den Kindern auch alles erzählen wollte - es waren seine Kinder, nicht meine. Er zögerte eine Sekunde und nickte mir zu.

„Leider ist Mr. Peter keines natürlichen Todes gestorben. Er wurde angegriffen ... erstochen."

Die beiden Kinder schnappten erschrocken nach Luft.

„Obwohl das, was Mr. Peter passiert ist, technisch gesehen ein Mord ist, glaube ich nicht, dass wir uns Sorgen machen müssen", fügte Richter Beck hinzu. „Ich habe schon viele Mordfälle auf meinem Tisch gehabt und bin sicher, dass es in diesem Fall um eine persönliche Angelegenheit geht."

„Dann rennt also niemand in der Gegend herum, der in Häuser einbricht und Leute umbringt?", fragte Henry. „Obwohl ich mir bestimmt nicht Mr. Peter aussuchen würde, wenn ich jemanden ausrauben wollte. Ich glaube nicht, dass ein Einbrecher irgendetwas Wertvolles in seinem Haus finden würde, auch wenn er eine Woche lang suchen würde."

„Einbrecher schlagen meistens dann zu, wenn niemand zu Hause ist", erklärte Richter Beck. „Ich bin ziemlich sicher, dass es sich nicht um den Beginn einer Einbruchsserie handelt."

Madison hob den verschlafenen Taco hoch und vergrub ihr Gesicht in seinem Fell. „Armer Taco. Wolltest du Mr. Peter helfen? Warst du deshalb voller Blut?"

Es war wahrscheinlicher, dass mein Kater das Blut abbekommen hatte, als er das Hähnchensandwich aus der Hand des toten Mr. Peter stehlen wollte, aber ich wollte nicht diejenige sein, die die Wunschvorstellung des Mädchens zunichtemachte. „Taco ist bestimmt am Boden zerstört. Und nein, du darfst ihm keine Hähnchensandwiches füttern, um ihn zu trösten. Er ist auf Diät."

Madison flüsterte dem Kater etwas zu und ich war sicher, dass sie ihm alle möglichen Leckereien versprach. Sie hielt ihn immer noch in den Armen, als Richter Beck die Kinder ins Obergeschoss scheuchte. Ich würde den Kater in der Nacht vermissen ... aber wenn er Madison Trost spendete, durfte er bei ihr bleiben.

Ich konnte unmöglich schon schlafen gehen. Vermutlich würde ich mich die ganze Nacht herumwälzen. Ich betrachtete die Whiskykaraffe auf dem Bücherregal und fragte mich, ob ein paar Schlucke helfen würden, die Szenen in Mr. Peters Haus aus meinem Kopf zu vertreiben. Während ich die Vor- und Nachteile abwog, sah ich im Augenwinkel einen Schatten, der näher kam und neben dem Sofa schwebte. Dieser Schatten kam mir vertraut vor, nicht wie der, den ich am Abend auf der anderen Straßenseite gesehen hatte. Dieser Schatten gehörte mir.

„Eli?", flüsterte ich. Wenn er noch am Leben gewesen wäre, hätten wir uns darüber unterhalten, was passiert war. Na ja, das heißt, ich hätte geredet und Eli hätte ab und zu ein paar Kommentare eingeworfen und mir scheinbar existenzielle Ratschläge gegeben. Aber er hätte gewusst, dass ich aufgebracht war, und mich getröstet.

Und vor dem Unfall hätten Eli und ich geredet – beide. Er hätte aufmerksam zugehört, Fragen gestellt und mir geholfen, meine Gedanken zu ordnen. Einen toten Nachbarn und ein blutiges Schwert zu finden war ziemlich schockierend. Er hätte mich mit seiner logischen Denkweise beruhigt, mich mit seiner Liebe getröstet. Dann hätte er mir ein Glas Whisky eingeschenkt, selbst eins getrunken – vor dem Unfall hatte Eli nie einen Whisky ausgeschlagen – und mich in den Armen gehalten.

Beide Elis hätten mich auf ihre eigene Weise getröstet.

Ich stand auf und griff nach der Karaffe. „Na, auch einen?", fragte ich den Schatten.

„Ja, gerne."

Ich erschrak so sehr, dass ich beinahe aus der Haut fuhr. Dann merkte ich, dass es Richter Beck war, der diese Worte gesagt hatte, und nicht der Schatten.

Ich holte tief Luft, um meine angespannten Nerven zu beruhigen, nahm die Karaffe und zwei geschliffene Gläser vom Regal und trug sie zum Sofa. Ich setzte mich, goss ein wenig Whisky in die Gläser und reichte Richter Beck eines davon. Ich hatte erwartet, dass er sich in den Ohrensessel setzen würde, auf dem er zuvor gesessen hatte, stattdessen setzte er sich neben mich auf das Sofa.

„Ist mit den Kindern alles in Ordnung?", fragte ich.

„Es geht ihnen gut. Ist mit *Ihnen* alles in Ordnung, Kay? Ich bin mit dem Gerichtsmediziner zusammen reingekommen und habe gesehen, was in der Küche passiert war. Es muss schlimm gewesen sein, ihn so zu finden."

Ich nippte an meinem Whisky, genoss das honigsüße Brennen in meiner Kehle und spürte die leicht betäubende Wirkung, die er auf mein Nervensystem hatte. Es war schockierend gewesen, Mr. Peter so zu sehen. Natürlich war es auch schockierend gewesen, Caryn Swansons Leiche zu sehen, die ich vor ein paar Monaten in einem Wassergraben gefunden hatte.

Aber Mr. Peter ... ich kannte ihn. Er war mein Nachbar. Es war gleich gegenüber passiert, so nahe an meinem sicheren Zufluchtsort. So schrecklich es auch gewesen war, eine junge Frau aufzufinden, die ermordet worden war, das hier war viel schlimmer.

„Ich werde mich wieder erholen. Morgen ist Sonntag. Nach dem Yoga mit Daisy werde ich lesen oder stricken und versuchen, an etwas anderes zu denken."

Oder sollte ich vielleicht in die Kirche gehen? Ich ging nicht jeden Sonntag zum Gottesdienst, ich zog es vor, stille Andachten zu halten. Aber vielleicht war das eine dieser Gelegenheiten, bei denen die Anwesenheit anderer tröstend sein konnte. Und ich wollte mit Reverend Lincoln über Trauer und Geister sprechen - und über meinen nächtlichen Besucher, den Schatten, der sich zurückgezogen hatte und neben das Bücherregal geschwebt war, als Richter Beck erschien. Wenn ich die Augen zusammenkniff, sah er beinahe wie Eli aus, der den Ellbogen auf das Regal stützte, das Gewicht auf ein Bein verlagerte und mich beobachtete.

„Kay?"

„Ja?" Gütiger Himmel. Richter Beck dachte bestimmt, ich hätte den Verstand verloren.

„Ich habe vor, morgen Nachmittag mit den Kindern Eis essen zu gehen. Möchten Sie mitkommen?"

Ich wurde wieder von dieser Welle der Hoffnung erfasst. Es machte mich glücklich, dass sie mich mit einschlossen und wir doch irgendwie eine Familie waren. Obwohl ich wusste, dass ich es nicht tun sollte. Ich sollte mich nicht zu sehr an sie binden.

Aber dafür es war schon zu spät. Ich hatte mich bereits an sie gewöhnt. Und ein Nachmittag, an dem wir zusammen Softeis mit Streuseln aßen, würde nichts daran ändern.

„Danke, klingt gut. Ich komme gerne mit."

Dann saßen wir schweigend nebeneinander auf dem Sofa und tranken unseren Whisky. Als unsere Gläser leer waren, wünschten wir uns gegenseitig eine gute Nacht und gingen in unsere Zimmer. Während ich mich bettfertig machte, wurden mir zwei Dinge klar: Der Schatten war irgendwann verschwunden, als ich gedankenverloren auf dem Sofa gesessen hatte. Und ich freute mich riesig auf unseren kleinen Ausflug am nächsten Tag.

9

„Er war tot? Ist er auf dem Boden verblutet? War er noch warm? Hatte die Leichenstarre schon eingesetzt?"

Daisy hatte während unserer morgendlichen Yoga-Übungen respektvoll geschwiegen, aber sobald wir die letzten Vinyasas beendet hatten, war die Ruhe vorbei und sie begann, mich mit Fragen zu löchern.

„Du solltest dir wirklich nicht so viele Kriminalsendungen ansehen, Daisy. Soweit ich beurteilen kann, hat er nicht mehr geblutet, als ich ihn gefunden habe. Ich kann mich nicht erinnern, ob er noch warm war, und ich habe keine Ahnung, ob die Leichenstarre eingesetzt hatte. Tut mir leid, aber meine amateurhaften Tatortermittlungspläne haben sich in Luft aufgelöst, als ich meinen Nachbarn tot in seiner Küche gefunden habe. Neben ihm stand eine Kiste, in der ein blutiges Schwert steckte."

Da. Diese schockierenden Einzelheiten sollten sogar jemanden wie Daisy zufriedenstellen.

„Ein Schwert? Wer würde heutzutage schon noch ein Schwert verwenden, um jemanden zu töten? Ich meine, ich kann verstehen, dass der Täter in dieser ruhigen Gegend keine Waffe abfeuern wollte, aber warum hat der Mörder ihm keine Bratpfanne oder einen Knüppel über den Kopf geschlagen oder ihn mit einem Hackmesser getötet?"

Uff. An Tagen wie diesen fragte ich mich wirklich, ob meine beste Freundin noch ganz bei Sinnen war. Ich nahm zwei Tassen aus dem Schrank, ging zur Kaffeekanne und überlegte, wie ich das Gespräch auf ein anderes Thema lenken konnte. Aber das war unmöglich, wenn Daisy etwas wissen wollte.

„Na ja, vielleicht liegt es daran, dass es im Haus eines Messies ewig dauern kann, bis man eine Bratpfanne oder ein Hackmesser findet. Das Schwert lag griffbereit auf einem Stapel Kisten neben der Tür."

Moment mal. Es lag neben der Tür. Und es war auch bei meinem zweiten Besuch dort gewesen. Der Täter musste es neben der Tür gefunden haben, hatte Mr. Peter jedoch in der Küche erstochen. Hatte er ihn in die Küche getrieben? Oder hatte er das Schwert gepackt, als er das Haus betrat, und sich dann in die Küche geschlichen, mit der Absicht, ihn zu ermorden? Das war wichtig, denn es handelte sich nicht um einen schiefgelaufenen Selbstverteidigungsversuch, bei dem es zu einem Gerangel gekommen war und der Mörder einfach die Hand ausgestreckt und den erstbesten Gegenstand gepackt hatte, der ihm in die Finger kam. Nein. Wenn das Schwert in einem anderen Zimmer gewesen war, musste der Täter vorsätzlich gehandelt haben, zumindest vom dem Moment an, als er das Haus betrat.

„Unglaublich. Ein Mord in unserer Straße. Ich meine, ich habe mir oft vorgestellt, dass Harry Peter erwürgt oder möglicherweise von einem Stapel Waschmaschinen zerquetscht werden könnte, aber ich hätte nie gedacht, dass ihn jemand erstechen würde. Mit einem Schwert."

Daisys Worte brachten mich zum Nachdenken. Manchmal war es nützlich, mit einem unverbesserlichen Klatschmaul befreundet zu sein.

„Also gut, dann lass uns die Verdächtigen auflisten. Ich fange an. Will Lars."

Daisy lachte und goss Sahne in ihren Kaffee. „Mit einem Schwert? Versteh mich nicht falsch, Will ist jähzornig und einer dieser Typen, die sich durch nichts beirren lassen, wenn sie sich etwas in den Kopf gesetzt haben. Er ist nicht der flexibelste Typ auf der Welt. Ich glaube, das Wort „Kompromiss" hat er in seinem ganzen Leben noch nie gehört. Das ist einer der Gründe, warum er seinen Job verloren hat. Er ist fest entschlossen, es mit diesem Bed & Breakfast zu versuchen, und absolut besessen von jedem noch so kleinen Detail. Einen Nachbarn mit einem Schrottplatz zu haben steht nicht in seinem Erfolgsplan, wenn du weißt, was ich meine."

„Aber als sie das Haus gekauft haben, hat Mr. Peter bereits dort gewohnt. Hat der Immobilienmakler ihnen das Haus mitten in der Nacht gezeigt? Hat er ihnen die Augen verbunden, als er sie in unser Viertel brachte? Will muss doch gewusst haben, dass er ein Haus gleich neben einem Messie mit einer Vorliebe für große Geräte kauft."

„Das war, als die Millers ihr Haus verkauft haben und die Stadt Harry Peter wegen Verstoß gegen die Vorschriften vorgeladen hat. Will hat angenommen, dass ein Mann in seinem Alter innerhalb eines Jahres entweder umziehen oder sterben würde. Deshalb war ihr Haus so günstig. Kat verdient zwar gutes Geld, aber sie konnten sich keine große Anzahlung leisten. Das Haus war ohnehin ein bisschen teuer für sie." Sie zuckte mit den Schultern. „Sie haben sich darauf verlassen, dass Harry Peter verschwinden und sein Grundstück aufgeräumt werden würde, bevor sie überhaupt daran denken würden, ihr Haus zu verkaufen. Oder bevor Will durchdreht, weil er jeden Tag auf das Chaos starrt. Dass er seinen Job verloren und ein B&B eröffnet hat, hat den Zeitplan einfach beschleunigt."

Und den Stresspegel angehoben. „Bist du sicher, dass du ihn von der Verdächtigenliste streichen willst? Hört sich so an, als hätte er ein Motiv gehabt. Und wenn er jähzornig ist ..."

Daisy verdrehte die Augen. „Nicht *so* jähzornig. Er hätte den alten Mr. Peter vielleicht geschubst und versehentlich umgestoßen, weil er wütend war, aber er hätte ihn bestimmt nicht mit einem Schwert aufgespießt. Obwohl, wenn Harry ihn wirklich wütend gemacht hätte ... wer weiß." Sie nippte an ihrem Kaffee. „Ich glaube, Kat wird ihn verlassen, wenn er sich nicht bald beruhigt. Nicht nur wegen des Geldes. Sie liebt ihn, aber er treibt sie in den Wahnsinn, weil er so besessen von seinem B&B ist. Er hat ihr Haus in ein Geschäft umgewandelt. Er ist den ganzen Tag zu Hause und piesakt sie, weil er will, dass das Haus perfekt aussieht. Er will, dass sie Muffins für die Gäste backt und Spitzendeckchen häkelt. Ich gebe ihr zwei Monate, dann wird sie die Koffer packen und zu ihrer Schwester fahren."

Will hatte definitiv ein Motiv. Er würde sich niemals eingestehen, dass er derjenige war, der Kat in die Flucht trieb. Nein, er würde sich einreden, dass es am fehlenden Geld lag. Und die Lösung des Geldproblems bestand darin, das B&B rentabel zu machen. Und um dies zu erreichen, musste er seinen Messie-Nachbarn dazu bringen, seinen Garten und seinen Hinterhof aufzuräumen.

„Okay, ich lasse Will auf der Liste. Was ist mit dem Neffen?"

„Bert Peter? Kommt vermutlich auch in Frage. Ich glaube, er hat seinen Onkel früher sehr gemocht, aber vor fünf Jahren hat der alte Mann ihm einen Toaster an den Kopf geworfen. Der arme Kerl musste an Heiligabend genäht werden. Bert, meine ich, nicht Harry."

„An Heiligabend?"

„Ja. Die beiden haben so laut gestritten, dass es die ganze Nachbarschaft gehört hat. Es überrascht mich, dass du nichts davon weißt. Bert hatte ihn anscheinend zur Mitternachtsmesse abholen wollen, was sehr nett von ihm war. Aber der alte Mann hatte den Verdacht, dass Bert ihn aus dem Haus locken wollte, um sich hineinzuschleichen und irgendwelchen teuren Krimskrams aus seinem Hinterzimmer oder dem Keller zu stehlen."

Uff. „Aber es ist ziemlich weit hergeholt, dass er seinen Onkel erstechen würde, weil er ihm vor fünf Jahren einen Toaster an den Kopf geworfen hat."

Daisy nickte. „Ja, aber außer Bert hat er niemanden. Hatte er niemanden, meine ich. Bert ist Harrys einziger Erbe, er bekommt alles, auch den teuren Krimskrams im Keller. Ich weiß nicht, wie viel das Zeug wert ist, aber das Haus ist abbezahlt und den täglichen UPS-Lieferungen nach zu schließen, muss der alte Mann ein ziemlich dickes Sparkonto gehabt haben."

Ich überlegte einen Moment. „Okay, aber warum sollte er ihn mit einem Schwert erstechen? Er hätte ihm genauso gut ein paar Blutdrucktabletten in den Kaffee kippen oder sie durch Aufputschmittel ersetzen können. Dass das Schwert in die Kiste gesteckt wurde, deutet eher auf eine emotionale Tat als auf einen kaltblütigen Erbmord hin."

„Vielleicht hat der UPS-Typ ihn umgebracht, weil er es satthatte, schwere Kisten voller Ramsch durch ein Labyrinth aus alten Waschmaschinen zu schleppen." Daisy wackelte mit den Augenbrauen, als hätte sie das Verbrechen aufgeklärt.

„Vielleicht hat Harry Peter im Alleingang dafür gesorgt, dass dieser UPS-Typ einen Job hatte", entgegnete ich.

„Vielleicht war es der Zählerleser."

„Vielleicht hat ihm Miss Scarlet aus der Bibliothek eins mit dem Kerzenständer übergezogen."

„Oder Colonel Mustard. Ich dachte schon immer, dass er irgendwie verschlagen aussieht."

Ich trank meinen Kaffee aus. „Tut mir leid, aber ich muss dich rausschmeißen, sonst komme ich zu spät zum Gottesdienst. Möchtest du mit in die Kirche kommen?"

Daisy schauderte. „Machst du Witze? Mein Gottesdienst findet nackt mitten im Wald statt. Aber du kannst gerne ein Gebet für mich sprechen."

„Das tue ich immer. Und vergiss dein Filmdebut morgen früh nicht. J.T. erwartet dich frisch und munter im Büro, um deine Rolle zu spielen."

Ich hatte mir übers Wochenende das YouTube-Video meines Chefs angesehen und es immer wieder abgespielt, um die Anzahl der Aufrufe zu erhöhen. Überraschenderweise hatte sein Kanal bereits ein paar hundert Abonnenten, obwohl die meisten davon wahrscheinlich örtliche Polizisten und Freunde waren, die er als Komparsen in die Enge getrieben hatte. Ich wusste nicht genau, warum Daisy sein Angebot angenommen hatte. Normalerweise konnte sie ziemlich gut „Nein" sagen und das in einem Ton, der deutlich machte, dass sie keine Widerrede duldete. Stattdessen schien sie sich geschmeichelt zu fühlen, als hätte J.T. nicht die halbe Stadt gebeten, eine Rolle in seinen dramatischen Nachstellungen zu übernehmen. Vielleicht träumte meine Freundin insgeheim davon, in Hollywood groß rauszukommen.

Daisy trank ihren Kaffee aus und ich begleitete sie zur Tür, damit Taco sich nicht hinausschleichen konnte. Ich musste mir keine Sorgen mehr darüber machen, dass Mr. Peter ihm Hähnchensandwiches füttern würde, aber seltsamerweise wollte ich den Kater trotzdem nicht aus dem Haus lassen.

Er war im Haus meines Nachbarn gewesen, das zum Tatort eines Mordes geworden war. Ich wollte einfach wissen, dass er in Sicherheit war, und ihn in den Armen halten. Ich vergrub mein Gesicht in seinem Fell - so, wie Madison es am Vorabend getan hatte - und spürte, wie er schnurrte, während ich Daisy hinterher sah.

Ich war in meinem Haus in Sicherheit und fühlte mich nach dem Yoga entspannt und voller Energie vom Kaffee. Es fühlte sich gut an, die frühen Morgenstunden mit Daisy zu verbringen, Tacos tröstende Anwesenheit zu genießen und zu wissen, dass Richter Beck, Madison und Henry im Obergeschoss schliefen. Sie waren meine Familie, ob sie es wussten oder nicht.

10

Ich war versucht gewesen, einfach zu Hause zu bleiben, mich in den Garten zu setzen und zu lesen oder zu stricken, aber als mittags die Kirchenglocken läuteten und wir alle aus der Kirche strömten, war ich froh, dass ich geduscht, mich angezogen und zum Zehn-Uhr-Gottesdienst geschleppt hatte.

Reverend Lincoln schüttelte mir die Hand und ich wartete im Foyer auf ihn, während er sich einzeln von den Gemeindemitgliedern verabschiedete. Als die meisten Leute gegangen waren, ging ich auf ihn zu und lächelte ihn zaghaft an.

„Haben Sie einen Moment Zeit, Reverend? Ich hatte gehofft, mit Ihnen sprechen zu können."

Er wandte sich an seinen Stellvertreter und bat ihn, zu übernehmen. Dann führte er mich den Flur entlang zu seinem Büro. Ich setzte mich auf einen Stuhl. Anstatt auf der anderen Seite des Schreibtischs Platz zu nehmen, setzte er sich neben mich.

„Wie geht es Ihnen, Kay?" Er griff nach meiner Hand und drückte sie kurz.

Ich wusste genau, was er meinte. Dies war Elis und meine Kirche gewesen, obwohl wir nicht öfter als drei- oder viermal pro Jahr den Gottesdienst besucht hatten. Als mein Mann gestorben war, hatte Reverend Lincoln einen wunderbaren Gottesdienst organisiert und eine bewegende Trauerrede gehalten. Allein der Gedanke daran trieb mir die Tränen in die Augen. Das war wahrscheinlich einer der Gründe, warum ich seit der Beerdigung nicht mehr in die Kirche gegangen war. Hier zu sein und den Reverend zu sehen brachte die Erinnerung an diesen Tag zurück. Es war alles wieder frisch. Als hätte Eli seinen letzten Atemzug gerade erst getan.

„Es gibt Tage, an denen ich denke, dass es mir gut geht, an denen ich die Sonne auf meinem Gesicht spüre und meine Katze ansehe und froh bin, am Leben zu sein. Und dann gibt es Tage ... na ja, manchmal geht es mir nicht so gut. Ich habe jetzt Mitbewohner. Das hilft."

Er lächelte. „Richter Beck und seine beiden Kinder. Ich habe mich gefreut, als ich gehört habe, dass Sie eine Lösung gefunden haben. Dass Sie Ihr Zuhause behalten können und gute Freunde haben, die Ihnen in dieser Übergangszeit helfen, ist sehr wichtig."

Ich nickte und wusste nicht, wie ich das Gespräch auf das Thema lenken sollte, das ich mit ihm besprechen wollte. Ich beschloss, Umschweife zu machen. „Ich mache mir Sorgen, weil ich angefangen habe, Richter Beck und seine Kinder als meine Familie zu sehen. Meine Eltern sind verstorben und Elis auch. Wir waren beide Einzelkinder und hatten keine eigenen Kinder. Ich befürchte, dass ich mich nach diesem Verlust an eine Ersatzfamilie klammere und dies unangemessen sein könnte. Ich bin ihre Vermieterin, ihre Mitbewohnerin. Ich weiß, dass Richter Beck mich als eine Art

Freundin und Madison und Henry mich als Ehrentante oder Oma sehen, aber wenn seine Scheidung rechtskräftig ist, wird er ausziehen. Madison wird in zwei Jahren die Highschool abschließen und ausziehen. Sie werden alle gehen und es wird mir das Herz brechen, weil ich bis dahin noch mehr an ihnen hängen werde. Ich kann nichts dagegen tun."

„Das kommt sogar in richtigen Familien vor, Kay. Wenn Sie wüssten, wie viele Gemeindemitglieder ich schon trösten musste, weil ihre Kinder aufs College gingen, geheiratet haben und weggezogen sind. Wenn sie in ihren Siebzigern sind, können sie sich glücklich schätzen, wenn sie an wichtigen Feiertagen angerufen werden und einmal pro Woche Besuch bekommen."

„Das ist ein kleiner Trost", sagte ich.

Er lachte. „Was ich damit sagen will, ist, dass Sie sich nicht davor scheuen sollten, sich auf Leute einzulassen und wichtige Beziehungen und Bindungen aufzubauen, nur weil Sie befürchten, dass sie eines Tages aus Ihrem Leben verschwinden könnten. Wenn das sogar zwischen Kindern und Eltern passiert, ist es sehr wahrscheinlich, dass es auch bei Freundschaften und ehrenamtlichen Verwandtschaftsverhältnissen vorkommt."

Ich versuchte, mir seine Worte zu Herzen zu nehmen. „Aber wen werde ich dann noch haben?"

„Hatten Sie Richter Beck und seine Kinder vor drei Monaten? Nein. Sie werden im Laufe der Zeit neue Beziehungen zu neuen Leuten aufbauen, Kay. Wenn Sie Glück haben, gibt es Menschen, die den größten Teil Ihres Lebens für Sie da sein werden, aber Sie müssen darauf vertrauen, dass Gott Ihnen genau die Leute schickt, die Sie brauchen, und dass er Ihnen jemand Neuen schickt, wenn eine Person Ihr Leben verlässt, um die emotionale Lücke zu füllen.

Vertrauen Sie auf Ihren Glauben, vertrauen Sie auf den Herrn, er wird sie nicht einsam werden lassen."

Ich dachte an Daisy, die mir schon so lange beistand. Dann dachte ich an Mr. Peter auf der anderen Straßenseite, der offensichtlich einsam gewesen war und sein Selbstwertgefühl verloren hatte. Warum hatte Gott ihm niemanden geschickt? Obwohl, er hatte einen Toaster nach seinem Neffen geworfen. Vielleicht war er nicht bereit gewesen, die Leute anzunehmen, die Gott ihm geschickt hatte.

Und dann war ich aufgetaucht. Und Taco. Ich erinnerte mich, wie glücklich Mr. Peter gewesen war, als er meine Katze hielt, ihn Taco-Schmacko nannte und ihn mit Hähnchensandwiches verwöhnte. Ich erinnerte mich, wie sehr er sich freute, als ich den Krug vorbeibrachte. Wie seine Augen aufleuchteten, als ich ihn bat, einen antiken Toaster und einen Mixer für mich zu reparieren. Vielleicht hatte Mr. Peter erst am Ende seines Lebens das Gefühl der Freundschaft, der Kameradschaft, verspürt, das er sich jahrelang – vielleicht sogar jahrzehntelang – verweigert hatte.

„Ich werde es versuchen", sagte ich zu Reverend Lincoln. „Ich werde es versuchen, aber ich habe Angst."

„Natürlich haben Sie Angst. Es würde mich überraschen, wenn es nicht so wäre. Vor zehn Jahren wurde Ihr Leben auf den Kopf gestellt, als Eli diesen Unfall hatte. Ehrlich gesagt glaube ich nicht, dass Sie sich jemals von diesem Schlag erholt haben, Kay. Sie haben sich einfach in Elis Krankenschwester verwandelt und nie wirklich getrauert oder sich damit auseinandergesetzt, wie sehr dieser Unfall *Ihr* Leben verändert hat. Und dann, nach den ganzen Jahren, in denen Sie Ihre Gefühle und Emotionen unterdrücken, stirbt Eli und Sie sind plötzlich auf sich alleine gestellt. Es ist, als würden Sie doppelt trauern. Ich weiß, dass Sie Angst haben, aber aus meiner Sicht gehen Sie bemerkenswert gut mit der Situation um. Sie sind endlich in der Lage, zu trauern. Sie nutzen Ihren bestehenden Freundeskreis, schließen neue Freundschaften und bauen wichtige Beziehungen auf, die Ihnen helfen, den Sturm zu überstehen. Ich bin für Sie da, Kay. Ich weiß, dass Sie nicht jeden Sonntag zum Gottesdienst kommen, aber ich bin auch unter der Woche für Sie da."

Das war tatsächlich ein Trost. Nun fühlte mich stark genug, um das Thema anzusprechen, das mich an diesem Tag in die Kirche geführt hatte.

„Ich sehe Geister. Ist das ein Problem? Ich denke, dass derjenige, den ich am häufigsten sehe, Eli ist, aber ich sehe auch andere Geister. Ich habe in den letzten drei Monaten zwei Mordopfer gefunden und jedes Mal Geister gesehen. Mein Augenarzt dachte zuerst, es seien Glaskörperflocken von meiner Kataraktoperation, aber beim letzten Termin hat er mir empfohlen, mit Ihnen oder mit einem Trauertherapeuten zu sprechen."

Reverend Lincoln starrte mich an. Er hatte offensichtlich Mühe damit, zu verarbeiten, was ich gerade gesagt hatte. „Glaskörperflocken. Sie sehen also verschwommene runde Flecken, die Ihre Sehkraft beeinträchtigen?"

„Nein. Es sind Schatten. Sie haben eine menschenähnliche Form und erscheinen immer am Rand meines Blickfeldes. Ich kann sie nicht direkt ansehen, aber sie sind da und in den letzten Monaten immer deutlicher geworden. Einer davon ist meistens abends in der Nähe, besonders bei mir zu Hause, obwohl er manchmal auch da ist, wenn ich einkaufen oder arbeiten gehe. Das ist der, von dem ich denke, dass er Eli sein könnte. Aber die anderen beiden … sind aufgetaucht, als ich die Mordopfer gefunden habe."

„Kay, ich glaube, dass Trauer und Einsamkeit einen dazu bringen können, sich vorzustellen, dass der geliebte

Mensch, den man verloren hat, immer noch da ist. Das ist normal und mit der Zeit kommt es immer seltener vor. Was die anderen beiden betrifft ... na ja, ich glaube, dass man unter Schock manchmal Dinge sieht, die nicht da sind."

Er glaubte mir nicht. Oder er glaubte mir, dachte jedoch, dass die Schatten Teil des Trauerprozesses waren und durch Schockzustände ausgelöst wurden. Wenn er erleben würde was ich jeden Tag erlebte, würde er vermutlich nicht sagen, dass das normal sei.

„Aber bei dem ersten Mordopfer habe ich den Geist gesehen, *bevor* ich die Leiche gefunden habe. Bevor ich überhaupt auf die Idee kam, dass dort eine Leiche sein könnte."

Er überlegte einen Moment. „Beschreiben Sie, wann Sie den ersten Geist gesehen haben."

Ich dachte an den Tag zurück, als ich Caryn Swansons Leiche gefunden hatte. Ich war auf dem MegaMart-Parkplatz gewesen - auf dem Weg zu meinem Auto. „Ich parke immer ganz hinten, damit ich beim Einkaufen ein bisschen Bewegung bekomme. Dann wurde es plötzlich kalt. Der Himmel wurde dunkler. Und dann sah ich den Geist. Nachdem der Geist verschwunden war, entdeckte ich einen Schuh am Rand des Parkplatzes, dort, wo der Abhang zum Entwässerungsgraben und zur Schnellstraße führt. Dort war die Leiche."

Er nickte. „Vielleicht haben Sie den Schuh gesehen, ihn aber nicht registriert. Im Unterbewusstsein haben Sie einen Damenschuh gesehen und mit dem Schlimmsten gerechnet, weil Sie selbst gerade einen Verlust erlitten hatten und alles noch ganz frisch war."

„Schon möglich." Vielleicht. Ich konnte mich nicht erinnern, ob ich den Schuh oder den Geist zuerst gesehen hatte, aber vielleicht hatte er recht.

„Und der zweite?"

„Taco hatte es sich zur Gewohnheit gemacht, den Mann auf der anderen Straßenseite zu besuchen. Er war alt und ein Messie, aber er hat ihn immer gefüttert. Eines Abends ist er entwischt und ich wollte ihn zurückholen, aber als niemand zur Tür kam und ich meine Katze drinnen miauen hörte, ging ich ins Haus. Den Geist habe ich gesehen, gleich nachdem ich in die Küche ging und seine Leiche entdeckte."

Reverend Lincoln lächelte und tätschelte meine Hand. „Sie haben sich bestimmt Sorgen gemacht. Er war alt. Er ist nicht zur Tür gekommen, als sie geklopft haben. Ich bezweifle, dass Sie einfach in sein Haus gegangen wären, wenn Sie nicht befürchtet hätten, dass etwas passiert sein könnte. Sie haben wieder mit dem Schlimmsten gerechnet. Und da Sie Eli verloren und ein paar Monate zuvor ein Mordopfer entdeckt hatten, haben Sie sofort das Schlimmste vermutet. Und diese Vorstellung hat sich als Geist manifestiert, Kay. Das ist völlig normal. Sie haben in vier Monaten drei Todesfälle erlebt. Es ist verständlich, dass Sie an nichts anderes denken können. Sie werden vermutlich noch eine ganze Weile immer mit dem Schlimmsten rechnen."

Vielleicht hatte er recht. „Sie glauben also nicht an Geister? Oder Sie denken, dass die Geister, die ich sehe, überhaupt keine Geister sind?"

Er überlegte einen Moment. „Unsere Seelen verlassen diese Welt, wenn wir sterben. Geister sind Manifestationen unserer Trauer, Angst oder Schuld. Sie sind das Produkt starker Emotionen, aber sie haben nichts mit der Person zu tun, die gestorben ist. Der Geist in Ihrem Haus ist nicht Elis wandernde Seele. Sie verarbeiten auf diese Weise einfach seinen Verlust."

Ich seufzte und wusste nicht, ob ich ihm glauben und

erleichtert sein sollte. Vielleicht würde es mich glücklicher machen, zu wissen, dass der Geist Elis wandernde Seele war. Ich wollte Eli nicht an diese Welt binden, aber ich vermisste ihn und hatte das Gefühl, dass es in unserer Beziehung eine Menge unerledigter Dinge gab. Vielleicht war das der Grund, weshalb mein Unterbewusstsein einen Schatten heraufbeschwor.

„Was soll ich tun? Wie soll ich mit diesen ... Geistern ... umgehen?"

„Ich würde Ihnen raten, jedes Mal, wenn Sie einen sehen, vor allem den, von dem Sie denken, dass er Eli ist, Ihre Gefühle und Ihre aktuelle Situation genau unter die Lupe zu nehmen. Vielleicht haben Sie etwas unternommen, das Sie an Ihren Mann erinnert hat. etwas, das Sie früher zusammen unternommen haben. Oder vielleicht haben Sie sich verletzlich oder einsam gefühlt - oder sich seine Gesellschaft, seinen Rat oder Trost gewünscht. Wenn das der Fall ist, geben Sie sich Ihren Emotionen hin. Vermissen Sie ihn. Fühlen Sie, wie sehr der Verlust schmerzt. Und vergessen Sie nicht, dass es Leute gibt, die Ihnen an seiner Stelle Gesellschaft leisten, Rat und Trost spenden können. Sie werden ihn nie ersetzen können, aber Ihr Leben muss ohne ihn nicht leer sein."

Die Trauer zulassen. Das war schwierig. Es war, als würde ich ewig trauern und mich nie von Elis Tod erholen. Und Reverend Lincoln hatte recht. Ich hatte mich nie richtig mit den Turbulenzen des Unfalls auseinandergesetzt und trauerte nun doppelt.

Es tat so weh, dass ich Angst hatte, mich meinen Emotionen hinzugeben und den Verlust zu akzeptieren. Ich konnte nur stückchenweise trauern. Vielleicht bedeutete das, dass ich länger als andere brauchen würde, um darüber hinwegzukommen. Vielleicht sah ich deshalb diese „Geister". Aber es war immer noch besser, Geister zu sehen, als in ein abgrundtiefes Loch zu fallen, aus dem ich nie wieder herauskommen würde.

Ich stand auf. Reverend Lincoln tat dasselbe und umarmte mich kurz. „Gehen Sie sanft mit sich um, Kay. Und denken Sie daran: Unsere Familien bestehen aus den Leuten, die wir lieben. Und Sie, meine Liebe, werden sehr, sehr geliebt."

11

Ich beäugte Henrys Eis. Das meiste davon klebte wie ein Schokoladenschnurrbart an seinem Gesicht. Er hatte auf eine extragroße Waffel bestanden und das Eis schmolz schneller, als er es essen konnte.

„Blödmann. Du hättest einen Becher nehmen sollen", sagte Madison. Sie hatte sich für einen Bananensplit entschieden und versuchte, die Banane zu zerkleinern, damit sie bei jedem Bissen ein winziges Stück davon auf ihren Löffel schieben konnte.

„Miss Kay wird bestimmt wollen, dass du dich mit dem Gartenschlauch abspritzt, bevor du ins Haus gehst", neckte Richter Beck seinen Sohn. Er hatte sich geweigert, etwas für sich selbst zu bestellen, aber die Kinder bedrängten ihn so lange, bis er einen Butterscotch-Eisbecher mit Nüssen und Schlagsahne bestellte.

Ich mochte am liebsten Hot Fudge. Sehr heißen Hot Fudge. Von mir aus hätte man den Becher einfach mit Hot Fudge füllen und das Eis weglassen können. Aber ich musste zumindest versuchen, zivilisiert zu wirken. Keine

Kirsche. Keine Schlagsahne. Keine Nüsse. Nur ein halber Liter Hot Fudge auf meinem cremig-weichen Vanilleeis.

„Vergiss den Gartenschlauch, ich werde dich einfach in den Whirlpool schubsen", sagte ich zu Henry.

„Igitt." Madison rümpfte die Nase. „Das ist widerlich. Er wird das ganze Wasser schmutzig machen."

Es waren genug Chemikalien im Wasser, um sämtliche Gesundheitsgefahren zu eliminieren, aber mir fiel auf, dass Henry weder die Sticheleien seines Vaters noch die Bemerkungen von mir und Madison zu hören schien. Ich drehte den Kopf und folgte seinem Blick. Er sah auf den Parkplatz hinaus und ich fragte mich, was wohl seine Aufmerksamkeit erregt hatte. Wir saßen auf den Metallbänken vor der „Tastee Cone"-Eisdiele, die gegenüber eines Einkaufszentrums lag. Henry starrte entweder auf den Supermarkt, den Spirituosenladen, ein paar schicke Autos, die bei einer improvisierten Autoshow am Rand des Parkplatzes zusammengebaut wurden, oder auf die Leute, die sich auf der improvisierten Autoshow herumtrieben.

„Ist alles in Ordnung?", fragte ich leise.

Er drehte ruckartig den Kopf und lächelte mich verlegen an. „Ja. Es ist nur ... ich glaube, den Typen da drüben kenne ich. Der mit dem Mustang. Ich glaube, das ist Dillon Buckle."

Ich sah genauer hin. Neben dem Mustang stand ein Mann Mitte Zwanzig mit einer Frisur, die an New Wave-Musiker aus den Achtzigern erinnerte. Er war groß und schlank und trug eine weiße Röhrenjeans und ein locker sitzendes Tanktop mit pastellfarbenen Streifen. Es war die Art von Tanktop, bei dem die Ärmellöcher so groß waren, dass man den nackten Oberkörper des Trägers sehen konnte. Meiner Meinung nach stand es ihm nicht besonders gut, weil er viel zu hager dafür war. Aber was ging mich schon die Kleiderwahl anderer Leute an?

„Tolles Auto", kommentierte ich. Das war es tatsächlich. Der Mustang sah nagelneu aus und schien mit allen möglichen Schikanen ausgerüstet zu sein. Einen Moment lang war ich neidisch. Ich wollte keinen Mustang, aber mein zwölfjähriges Auto würde vermutlich nicht mehr länger als ein oder zwei Jahre fahrtüchtig sein. Ich hielt jedes Mal die Luft an, wenn ich den Motor startete, und betete, dass ich in naher Zukunft nicht mehr als einen Ölwechsel vornehmen oder die Bremsen und die Reifen ersetzen musste.

Henry starrte mit zusammengekniffenen Augen auf das Auto. „Ja, es ist Dillon Buckle. Er ist der Freund von Seans Schwester, aber als ich ihn das letzte Mal gesehen habe, hatte er kein solches Auto."

Ich musterte den Kerl noch einmal. Sean war einer von Henrys Freunden und kam normalerweise ein- oder zweimal pro Woche vorbei. Sie spielten Videospiele in Henrys Zimmer oder fuhren mit ihren Fahrrädern durch die Nachbarschaft. Aber Sean war erst dreizehn und es überraschte mich, dass er eine Schwester hatte, die schon alt genug war, um mit einem Mann Mitte Zwanzig auszugehen. „Wie alt ist Seans Schwester?"

„Dreiundzwanzig." Henry grinste, als er meinen überraschten Blick sah. „Jessie ist seine Halbschwester. Seans Mutter war schon einmal verheiratet."

Ich betrachtete Dillon Buckle erneut und fragte mich, ob er einfach einen guten Job hatte oder einer dieser jungen Männer war, die jeden Cent in ihr schickes Auto steckten und im Gegenzug jeden Abend Ramen-Nudeln aßen.

Wir gingen zum Auto zurück. Henry und ich blieben leicht zurück, weil er versuchte, sich die Schokoladenspuren vom Gesicht zu wischen. Die Servietten halfen nicht viel, aber ich hatte ein uraltes Feuchttuch in der Handtasche, das von einem Krabben-Festessen aus einem anderen Leben stammte. Ich reichte es dem Jungen.

„Miss Kay?", fragte Henry, während er sich das Kinn abwischte. „Ich glaube, Taco war wegen mir die ganze Zeit bei Mr. Peter."

„Warum? Hast du ihn etwa von Hähnchensandwiches abhängig gemacht, ihm den Nachschub verweigert und ihn so in Mr. Peters Arme getrieben?"

Henry betrachtete das Feuchttuch und wischte sich erneut damit über den Mund. „Nein, er ist mir immer gefolgt und hat sich in unserer Nähe aufgehalten. Mr. Peter hat ihm Snacks gegeben und ich glaube, er hat sich daran gewöhnt."

Ich blieb mitten auf dem Parkplatz stehen. „Du bist zu Mr. Peter rübergegangen?"

Er spannte sich an und zerknüllte die Servietten und das Feuchttuch. „Gleich nachdem wir eingezogen sind, bin ich mit dem Fahrrad an seinem Haus vorbeigefahren und habe etwas Cooles in seinem Garten gesehen. Ich habe angehalten und es mir aus der Nähe angesehen. Und dann habe ich etwas Cooles in seinem Hinterhof entdeckt. Er hat mich dort hinten erwischt und ich dachte zuerst, er wäre sauer, weil alte Leute es nicht mögen, wenn man ihr Grundstück betritt, aber er war wirklich sehr nett. Er hat mir noch ein paar andere Sachen gezeigt und mir Kekse und Saft angeboten."

Ich war kurz davor auszuflippen und stellte mir alle möglichen schrecklichen Dinge vor. Reverend Lincoln lag falsch. Das Schlimmste, was ich mir vorstellen konnte, war nicht der Tod, sondern die Szenen, die gerade in meinem Kopf herumschwirrten. „Weiß dein Vater davon? Hat er ... was hat er dir gezeigt?"

„Er hat mir ein paar coole alte Wecker gezeigt. Keine Sorge, Miss Kay, ich bin kein Baby mehr. Ich erkenne, wenn jemand unheimlich ist oder böse Absichten hat. Er war einfach ein einsamer alter Mann. Und er war nett. Und nein, meinem Vater habe ich nichts gesagt, weil ich wusste, dass er genauso reagieren würde wie Sie. Ich dachte, dass Sie es verstehen würden, weil Sie ihn kannten und auch ein paar Mal bei ihm drüben waren."

Henrys Stimme klang plötzlich schroff und sein Gesicht lief rot an.

„Okay, okay. Tut mir leid. Aber du bist erst dreizehn und ich hatte keine Ahnung, dass du dort drüben warst. Ich hätte nicht gedacht, dass jemand in deinem Alter sich für alte Geräte und Porzellangegenstände interessiert."

Der Junge schob das Kinn vor. Ich sah, dass immer noch Schokolade an seinem Mund klebte. „Wofür *sollte* sich jemand in meinem Alter denn interessieren? Ich mag Langstreckenlauf. Ich mag Gartenarbeit. Ich mag es, Fahrrad zu fahren, zu schwimmen und Videospiele zu spielen. Und ich mag alte Sachen. Es ist cool, sich alte Gegenstände anzusehen und sich vorzustellen, dass sie von jemandes Großmutter oder vielleicht sogar von Ben Franklin benutzt wurden. Es ist interessant, sich alte Sachen anzusehen und sich zu fragen, warum die Leute sie gekauft, wofür sie sie verwendet und weshalb sie sie weggegeben haben."

Ich hatte den armen Jungen völlig falsch eingeschätzt. Wenn ich gewusst hätte, dass er gerne im Garten arbeitete, hätte ich ihn schon vor drei Monaten eingespannt.

„Es tut mir leid, Henry. Ich habe keine eigenen Kinder und bin als Einzelkind aufgewachsen. Es ist lange her, seit ich in deinem Alter war und ich habe offensichtlich keine Ahnung, wofür sich dreizehnjährige Jungs interessieren."

Er starrte auf seine Hände. „Schon in Ordnung. Ich

glaube, Papa hat auch keine Ahnung. Er interessiert sich nicht für Gartenarbeit, Videospiele oder alte Sachen.“

Ich legte den Arm um die Schulter des Jungen. „Nein, er interessiert sich für Gesetzesbücher. Igitt. Wie kann man nur freiwillig solches Zeug lesen?“

Er lachte. „Ich weiß.“

„Du musst es ihm sagen. Und wenn du in Zukunft einen unserer Nachbarn besuchen willst, musst du ihn um Erlaubnis bitten.“ Dann wurde mir plötzlich etwas klar. „Es muss schlimm für dich sein, dass Mr. Peter gestorben ist.“

Er nickte und starrte immer noch auf die zerknüllten Servietten in seiner Hand. „Er war wirklich nett. Ich werde ihn vermissen.“

„Ich weiß. Ich auch.“ Auf dem Weg zum Auto sinnierte ich, dass Gott Harry Peter zu seinem Lebensabend noch jemand anderen geschickt hatte - einen jungen Freund, der seine Interessen teilte.

12

„Wie viele graue Haare sind mir seit heute Morgen gewachsen?", fragte Richter Beck.

Ich gab ihm zu verstehen, dass er sich nach vorne neigen sollte, damit ich einen Blick auf sein Haupt werfen konnte. Es war schwierig, die blonden, von der Sonne gebleichten Strähnen von den grauen Haaren zu unterscheiden. Glückspilz. „Fünf", verkündete ich schließlich. „Gar nicht so schlecht. Bei Madison waren es mehr."

Er verzog das Gesicht. „Ja, aber Madison ist fünfzehn. Sie will, dass ich ihr erlaube, nächste Woche mit Austin Meadows ins Kino zu gehen. Ich suche nach einem Grund, um nein zu sagen."

„Sie könnten ja mitgehen und sich zwei Reihen hinter sie setzen." Ich versuchte, mir das Lachen zu verkneifen. Es gelang mir nicht.

„Lachen Sie nicht, vielleicht werde ich das sogar tun. Ich wollte Sie nur vorwarnen, falls ich anschließend mit schneeweißen Haaren nach Hause komme."

„Oder ganz kahl", sagte ich neckend. Als ich das

Entsetzen in Richter Becks Augen sah, musste ich schmunzeln.

„Heute sind mir wegen Henry graue Haare gewachsen. Er hat gesagt, er habe Ihnen erzählt, dass er zu Mr. Peter rübergegangen ist, um mit ihm ‚abzuhängen‘." Richter Beck machte mit den Fingern kleine Anführungszeichen in der Luft, als wäre „abhängen" ein neumodischer Begriff, den er betonen musste.

„Ja, ich weiß. Ich bin auch fast ausgerastet, als er es mir erzählt hat, aber ich habe nie irgendwelche bösen Gerüchte über Mr. Peter gehört. Es haben immer alle gesagt, er sei ein netter alter Mann. Das war er auch, abgesehen von diesem einen Mal, als er seinem Neffen einen Toaster an den Kopf warf."

„Er hat *was* getan?" Richter Beck winkte ab. „Wie auch immer, Henry schwört, es sei nichts passiert. Anscheinend hat der alte Mann ihm einfach Töpferwaren, Porzellangegenstände und alte Geräte gezeigt."

„Genau das hat er auch getan, als ich zu ihm rübergegangen bin, nur wollte ich nie länger als fünf Minuten bleiben."

Der Richter seufzte und strich mit der Hand über sein doch-noch-nicht-so graues Haar. „Henry hat sich offensichtlich so sehr für diese Sachen interessiert, dass er Stunden dort verbracht hat. Ich dachte immer, er sei mit dem Fahrrad unterwegs. Er hat gesagt, nach dem ersten Besuch habe er Sean mitgenommen, quasi als Aufpasser."

Das war eigentlich ziemlich schlau. „Interessiert sich Sean auch für Antiquitäten?" Ich wollte keine Vermutungen mehr anstellen, da ich mich eindeutig geirrt hatte, was Henrys Interessen und Hobbys anging.

„Nein. Aber Sean ist ein guter Freund und anscheinend hatte Mr. Peter die Leute vom Supermarkt dazu überredet, ihm regelmäßig leckere Plätzchen zu liefern. Sean verzehrte die süßen Leckereien und Mr. Peter und Henry diskutierten über alte Porzellanmarkenzeichen, von denen ich noch nie etwas gehört habe." Er schüttelte den Kopf. „Ich hatte keine Ahnung. Dreizehnjährige Jungs interessieren sich normalerweise nicht für Töpferwaren und Porzellangegenstände."

„Seine Interessen sind breit gefächert", sagte ich.

„Die Faszination für den alten Wecker kann ich verstehen. In diesem Alter habe ich auch oft elektronische Geräte zerlegt." Richter Beck warf mir einen wissenden Blick zu. „Aber da es mir an Geschick mangelte, sie wieder zusammenzusetzen, haben meine Eltern mir eine Karriere als Jurist vorgeschlagen."

Ich lachte. „Na ja, wenigstens scheint Henry nicht daran interessiert zu sein, Messie zu werden. Ich habe den Eindruck, dass er vor allem an den Geschichten der Gegenstände interessiert war. Vielleicht wird er eines Tages Geschichtsprofessor oder Autor. Oder Gärtner."

Richter Beck sah mich erstaunt an. „Gärtner?"

„Ja, Gärtner. Er hat mir erzählt, dass er gerne im Garten arbeitet und Blumen mag."

Er nickte. „Als er klein war, hat Heather ihn immer mit nach draußen genommen, wenn sie rund ums Haus Blumen angepflanzt hat. Henry hat Unkraut gejätet und sie hat ihm jedes Jahr eine besondere Blume zum Einpflanzen gegeben. Das war dann Henrys Blume und wir haben immer alle darauf geachtet, dass sie regelmäßig gegossen wurde."

„Sehen Sie? Das haben Sie beide gut gemacht. Henry ist gerade dabei herauszufinden, was ihm gefällt und wo seine Stärken liegen."

„Ja, aber Gärtner? Oder Antiquitätenhändler?" Der Richter überlegte einen Moment. „Die Idee mit dem Geschichtsprofessor finde ich gar nicht so schlecht. Eine

Festanstellung an einer renommierten Universität. Wissenschaftliche Artikel, die in einer führenden Zeitschrift veröffentlicht werden.“

„Immer mit der Ruhe. Vielleicht will er Highschool-Lehrer oder Auktionator werden. Sie dürfen den armen Jungen nicht in eine Schublade stecken.“

„Sie haben recht. Es ist wahrscheinlicher, dass Madison Juristin wird.“

Angesichts des Gesprächs, das ich vor ein paar Tagen mit ihr geführt hatte, bezweifelte ich das zwar, aber ich wollte Richter Becks Hoffnungen nicht schon wieder zunichtemachen.

„Sie hat gesagt, nach dem Chemie-Leistungskurs wolle sie nicht mehr Ärztin werden. Und ich muss gestehen, dass sie mich gebeten hat, ihr das Backen beizubringen.“

Richter Beck sah so verzweifelt aus, dass ich beinahe Mitleid mit ihm hatte. „Aber es ist bestimmt nicht ausgeschlossen, dass sie Juristin wird.“

„Na ja, jedenfalls habe ich Henry gesagt, dass er einen von uns beiden um Erlaubnis bitten muss, wenn er Ihre Freundin Daisy oder diesen Lars-Typen mit seinem B&B oder die Frau im alten Haus am Ende der Straße besuchen möchte.”

Ich erstarrte. Er hatte „uns“ gesagt. Er hatte gesagt, Henry müsse einen von *uns beiden* um Erlaubnis bitten. „Also wenn Sie mir Veto- und Genehmigungsrechte einräumen wollen, muss ich wissen, ob es irgendwelche Grenzen gibt, die nicht überschritten werden dürfen, was Besuche anbelangt.“

Er warf mir einen fragenden Blick zu. „Sie kennen die Nachbarn besser als ich. Ich verlasse mich auf Ihr Urteilsvermögen, Kay. Im Allgemeinen einfach keine Pädophilen, keine Drogenhöhlen, keine Bordelle, keine Alkoholiker—“

„Gilt man als Alkoholikerin, wenn man ein- oder zweimal pro Woche Wein auf der Veranda trinkt?", unterbrach ich ihn. „Sonst fangen Sie nämlich besser an zu packen."

Er grinste. „Ein paar Gläser Wein auf der Veranda oder gelegentlich ein Whisky, wenn Sie ein Mordopfer finden, sind völlig in Ordnung. Ich bin kein Puritaner."

„Alles klar. Nachbarn die gärtnern, backen und antike Gegenstände horten sind okay. Schwerverbrecher sind ausgeschlossen."

Sean kam vorbei und die beiden Jungs verbrachten den Nachmittag vor der Xbox. Madison saß im Whirlpool und schrieb eine SMS nach der anderen. Ich hoffte, dass sie ihr Handy nicht ins Wasser fallen ließ. Richter Beck hatte seine Akten wieder einmal auf meinem Esstisch ausgebreitet. Ich saß auf der Veranda und versuchte, eine weitere Mütze zu stricken.

Und ich war neugierig. Als ich mitten in der dritten Reihe war, fuhr Bert, Mr. Peters Neffe, vor dem Haus vor und irrte verloren im Garten herum. Er sah aus wie ein Mann, dem eine beängstigende Aufgabe bevorstand. Er hielt sich das Handy ans Ohr und sprach mit jemandem, während er sich die Waschmaschinen ansah. Als er den Deckel von einem der Geräte öffnete, flog ihm ein Schwarm Wespen entgegen. Er drehte sich im Kreis und wedelte mit den Armen, als würde er tanzen. Er fluchte bestimmt, wenn auch leise, denn ich konnte ihn nicht hören.

Nach einer Weile legte er auf und ging ins Haus. Es krachte ein paar Mal, dann kam Bert mit einem Müllsack und ein paar Kisten in den Händen wieder nach draußen und begann, sie auszupacken. Armer Kerl. Bei diesem Tempo würde es ewig dauern, bis das Haus leer war. Als ich mit meiner Mütze fertig war, standen ein Dutzend Kartons auf der Veranda. Die meisten Gegenstände lagen auf dem Boden verstreut, der Müllsack war immer noch fast leer. Der Mann tat mir leid. Ich nahm mein Strickzeug mit in die Küche, legte etwas Käse, Salami und Cracker auf einen Teller und bereitete Eistee zu.

Er murmelte vor sich hin und kritzelte etwas in ein Notizbuch, als ich mich der Veranda näherte. „Ich dachte, Sie könnten eine kleine Zwischenverpflegung gebrauchen", rief ich ihm zu.

Er zuckte zusammen und lächelte. „Tut mir leid, ich habe Sie nicht kommen hören. Ja, das ist sehr nett. Sie sind Kay Carrera von gegenüber, stimmt's? Es tut mir leid, dass Ihr Mann gestorben ist. Herzliches Beileid."

„Gleichfalls." Ich stellte den Teller auf eine verschlossene Kiste und reichte ihm das Glas mit dem Eistee. „Ich kannte Ihren Onkel nicht sehr gut. Letzte Woche bin ich ein paar Mal bei ihm vorbeigegangen, um meine Katze abzuholen und um ihn um ein Gutachten für einen Porzellankrug zu bitten, den mein Mann und ich als Hochzeitsgeschenk bekommen hatten."

Er trank einen Schluck Eistee und deutete mit der anderen Hand auf einen Stapel Teller und Besteck. Neben den Tellern stand eine hässliche Mopsfigur. „Ich wünschte, ich würde mich mit diesem Zeug auskennen. Ich habe keine Ahnung, welche dieser Stücke ich zum Flohmarkt und welche zum Antiquitätenladen bringen soll."

„Sie könnten einen Auktionator hinzuziehen. Solche Leute kennen sich normalerweise gut mit dem Wert von Nachlassgütern aus."

„Ich werde zuerst selbst alles durchsuchen. Es würde

sich bestimmt kein vernünftiger Auktionator hierher verirren und monatelang ein Haus durchsuchen wollen, das bis unters Dach mit Kisten vollgestopft ist."

Damit hatte er vermutlich recht. Dann hatte ich eine Idee. „Der Sohn meines Mitbewohners ging oft bei Ihrem Onkel vorbei. Vielleicht weiß er, wo Ihr Onkel die wertvolleren Stücke aufbewahrt hat und wie viel sie wert sind."

Bert sah gequält aus, als er meinen Vorschlag hörte. „Früher war ich dieser Junge. Ich kann mich gut an die Besuche bei Onkel Harry erinnern. Obwohl das Haus damals ganz anders ausgesehen hat. Früher standen in jedem Zimmer ein paar Vitrinen und Regale mit seinen Porzellansachen. Draußen in der Garage war seine Werkstatt und im Schuppen standen die Sachen, an denen er gearbeitet hat. Ich bin immer während der Sommerferien hierhergekommen, wenn meine Eltern arbeiten mussten, und habe ihm dabei zugesehen, wie er Dinge reparierte. Das Mittagessen hat er immer auf seinen speziellen Tellern serviert und mir erklärt, woher sie kamen und wie alt sie waren. Damals war ich natürlich eher an den Sandwiches als an den Tellern interessiert. Ich würde alles dafür geben, so einen Tag noch einmal erleben zu können."

Ich setzte mich auf eine alte Mikrowelle. Es würde förderlicher für das Gespräch sein, wenn wir auf Augenhöhe weiterredeten. „Was ist passiert? Daisy hat mir die Geschichte von dem Toaster erzählt, aber es muss schon vorher einiges schiefgelaufen sein. Normalerweise werfen die Leute nicht einfach so mit Küchengeräten um sich."

Bert griff nach einem blau-golden gemusterten Teller und starrte ihn an. „Ich weiß es auch nicht. Als er in Rente ging, hat er immer noch Dinge repariert, aber mit der Zeit sind die Kunden ausgeblieben und es hat sich immer mehr Müll angesammelt. Dann hat er immer mehr von diesen

Tellern und Figuren gekauft. Er wollte nichts weggeben. Wir hatten einen riesigen Streit, als der Brenner nicht mehr funktionierte. Er hat darauf bestanden, ihn selbst zu reparieren, und jeden Handwerker weggeschickt, den ich beauftragte. Er hatte mitten im Winter drei Wochen lang keine Heizung. Die Rohre waren eingefroren. Als Onkel Harry einen Arzttermin hatte, habe ich eine Heizungsfirma beauftragt, den Schaden zu inspizieren, aber die Handwerker konnte den Brenner nicht erreichen. Ich musste zwei Dutzend Kisten verschieben und als Onkel Harry wieder nach Hause kam, waren die Handwerker immer noch da. Zum Glück gelang es ihnen, den Brenner zu reparieren, bevor er sie mit seinem Schwert vertrieb. Von diesem Tag an hat er sich geweigert, das Haus zu verlassen. Die letzten fünf Jahre ist er weder zum Arzt noch zum Supermarkt gegangen. Er hat mich schon seit Jahren nicht mehr ins Haus gelassen. Vermutlich auch, weil er sich geschämt hat und nicht wollte, dass ich sehe, wie schlimm alles geworden war.“

Es war traurig. Traurig für Mr. Peter und traurig für seinen Neffen. Ich stand auf. „Soll ich nachsehen, ob Henry vorbeikommen und Ihnen zeigen kann, wo die ganzen Sachen sind? Er ist jetzt zu Hause.“

Bert nickte. „Das wäre nett, vielen Dank. Ich kann ihm gerne ein bisschen Geld geben, wenn er mir beim Aussortieren hilft. Morgen werde ich einen Müllcontainer organisieren und nächste Woche kommt ein Typ vorbei, der den Schrott im Hinterhof abtransportiert. Vermutlich werden mehrere Fahrten notwendig sein. Ich könnte ein zusätzliches Paar Hände gebrauchen – vor allem, wenn diese Hände wissen, welche Dinge in den Müll gehören und welche nicht.“

13

Ich sagte, ich würde gleich wieder zurückkommen und ging zu meinem Haus hinüber. Richter Beck saß immer noch mit gesenktem Kopf am Esstisch und brachte Haftnotizen auf seinen Akten an.

„Hätten Sie etwas dagegen, wenn Henry Mr. Peters Neffen Bert dabei helfen würde, die ganzen Sachen in Mr. Peters Haus auszusortieren? Es ginge darum, Kisten auszupacken, die Dinge wegzuwerfen, die auf den Müll gehören, das auszusortieren, was auf den Flohmarkt kommt, und zu bestimmen, welche Gegenstände wertvoll sein könnten."

Richter Beck blickte auf. „Ich weiß nicht, ob er bis zu den Ferien mehr als eine Stunde hier und da Zeit haben wird. Ich möchte nicht, dass er seinen Sportplan oder seine Hausaufgaben vernachlässigt."

„Bert wird das Haus nicht über Nacht ausräumen. Wie wäre es, wenn Henry ihm einfach die Sachen zeigt, von denen er weiß, und Bert sagt, was Mr. Peter ihm über die Gegenstände erzählt hat? Und während der Ferien könnte er ihm vielleicht ein paar Tage pro Woche helfen. Halbe Tage oder so."

Der Richter kaute auf dem Ende seines Kugelschreibers herum. „Ich will nicht, dass Henry unbeaufsichtigt in dieses Haus geht. Heather und ich sind uns noch nicht einig, wo die Kinder die Sommerferien verbringen werden. Es könnte Wochen geben, in denen er nicht bei mir ist und nicht helfen kann."

„Bert ist bestimmt um jede Hilfe froh. Und Henry hätte die Gelegenheit, herauszufinden, ob Antiquitäten tatsächlich sein Ding sind. Er könnte sogar verschiedene Stücke für Bert im Internet recherchieren."

Richter Beck nickte. „Gute Idee. Und wenn ihm dann mit dem ganzen Geschirr und Silberbesteck langweilig wird, kann er Jura studieren."

Ich schmunzelte. „Auktionator oder Gärtner. Gewöhnen Sie sich an den Gedanken."

Er seufzte. „Okay. Sagen Sie Henry, er solle sich überlegen, wie viel er für seine Arbeit verlangen will und einen vorläufigen Zeitplan ausarbeiten. Er muss sich daran halten und hart arbeiten. Ich erwarte von ihm, dass er seinen ersten Job ernst nimmt."

Ich hüpfte beschwingt die Treppe hinauf. Es würde eine ausgezeichnete Gelegenheit für Henry sein, herauszufinden, ob es nur ein Hobby war, das ihm Spaß machte, oder ob möglicherweise ein Beruf daraus werden könnte. Er würde ein bisschen Taschengeld verdienen und seine Fähigkeiten unter Beweis stellen können. Bert konnte Hilfe gebrauchen. Eigentlich hätte Bert Dutzende von Henrys gebraucht.

Henry war mit Sean in seinem Zimmer. Die beiden spielten irgendein Fantasy-Spiel, bei dem sie nach Schätzen suchen und Ungeheuer töten mussten. Sean. Ich erinnerte mich, dass Henry gesagt hatte, sein Freund habe sich eher für die Plätzchen interessiert, die Mr. Peter servierte, als für die Antiquitäten, die er ihnen zeigte, aber vielleicht wäre er bereit, gegen Bezahlung Kisten auszupacken und beim Aufräumen zu helfen.

„Hey, ihr beiden", sagte ich und klopfte an den Türrahmen. „Könnt ihr das Spiel kurz unterbrechen? Ich möchte Henry etwas fragen."

Sie hielten das Spiel an, kurz bevor einer der beiden einen Pfeil auf eine große, grüne, warzig aussehende Kreatur abfeuern konnte, und drehten sich zu mir um. „Ja, Miss Kay?", fragte Henry und wischte sich übers Kinn.

Ich erzählte ihm von Berts Vorschlag und nannte die Voraussetzungen, die er laut Henrys Vater erfüllen musste. Dann wartete ich die Reaktion des Jungen ab.

Er grinste. „Das würde mir Spaß machen. Ich könnte meinen Laptop mitnehmen und vor Ort Recherchen betreiben. Ich werde einen Katalog erstellen. Wie für Museumsstücke."

„Hört sich eher nach einer archäologischen Ausgrabung an", maulte Sean. „Dieses Haus ist ein einziger Müllhaufen."

„Ich habe nichts gegen archäologische Ausgrabungen. Komm schon, Sean, es wird Spaß machen. Vielleicht kannst du Mr. Bert auch helfen."

Sean schien nicht besonders begeistert von dieser Idee zu sein. „Wie viel bezahlt er? Ich werde nämlich nicht den ganzen Sommer im Haus eines Messies sitzen und umsonst Kisten auspacken."

„Nur ein paar Stunden hier und da", flehte Henry ihn an. „Wir werden bestimmt nicht nur Teller und Schüsseln auspacken. Mr. Peter hatte doch dieses coole Schwert, das dir so gefällt."

„Er hat euch das Schwert gezeigt?" Nicht, dass ich dachte, Sean hätte sich zu meinem Nachbarn geschlichen und ihn erstochen, aber als Henry die Mordwaffe erwähnte, war ich vor den Kopf gestoßen.

„Ja. Es war ziemlich cool. Ich glaube, er hat gesagt, es sei eine Nachbildung eines italienischen Schwerts aus der Renaissance. Ein Stoßdegen. Wir haben es in die Küche gebracht, wo mehr Platz war, und Mr. Peter ließ mich damit eine Melone erstechen."

Diese Geschichte machte mich nervös. „Habt ihr es wieder nach vorne zur Haustür gebracht, als ihr fertig wart, oder habt ihr es in der Küche gelassen?"

„Wir haben es in der Küche gelassen. Mr. Peter wollte den Melonensaft von der Klinge wischen."

„Siehst du?" Henry stieß seinen Freund mit dem Ellbogen an. „Das hat doch Spaß gemacht. Vielleicht sind da noch mehr Schwerter. Oder vielleicht eines dieser alten Videospielsysteme. Wenn du einen alten Atari findest, darfst du ihn bestimmt behalten. Mr. Bert kann ihn als Bezahlung für deine Arbeit anrechnen."

Jetzt wurde Sean hellhörig. „Glaubst du tatsächlich, dass wir einen Atari finden, der noch funktioniert? Die meisten Geräte in Mr. Peters Haus sind kaputt."

„Ja, aber nicht alle", entgegnete Henry. „Zum Beispiel die Toaster. Sie haben alle funktioniert. Jedenfalls für kurze Zeit. Er hatte viele Dinge, die er schon vor Jahren repariert hat und verkaufen wollte. Er kam einfach nicht dazu."

Ich fragte mich, wie viel Zeit Henry *tatsächlich* in Mr. Peters Haus verbracht hatte.

„Wollen wir rübergehen? Mr. Bert wäre dir sehr dankbar, wenn du ihm zeigen könntest, wo sein Onkel die wertvolleren Gegenstände aufbewahrt hat."

Die beiden Jungs standen auf und wir gingen zusammen die Treppe hinunter und überquerten die Straße. Bert saß immer noch auf der Veranda. Der Teller und das Glas, das ich ihm gebracht hatte, waren leer. Als wir näher kamen, blickte er von einer Glasvase auf. Auf seiner

Stirn war ein Schmutzfleck, der wie eine einzige riesige Augenbraue aussah, und es zog sich eine schwarze Linie von seinem Schnurrbart bis zu seinem Ohr. Ich stellte sie einander vor und der Mann schüttelte den beiden Jungs die Hand.

„Hast du eine Ahnung, was das ist?" Bert streckte Henry die Vase entgegen, die er in der Hand hielt. Der Junge nahm sie ihm ab und studierte sie.

„Das ist eine Fostoria Americana. Mr. Peter hatte viele solcher Vasen. Er hatte vor, ein Set zu vervollständigen, das er vor zwanzig Jahren bei einer Nachlassauktion erstanden hatte." Henry sah den Mann an. „Standen diese Kisten im Vorraum?"

Bert nickte. „Gleich hinter der Haustür. Ich dachte, es sei am besten, ganz vorne anzufangen, um Platz zu schaffen."

„Die meisten Dinge im Vorraum waren Neuanschaffungen", sagte Henry. „Er hat sie immer dort gestapelt, bis er sie auspackte und zu den anderen legte. Bis auf die Vitrine und das Bücherregal. Dort hat er immer wieder andere Dinge ausgestellt, vor allem seine Lieblingsstücke."

Bert stand auf und wir folgten ihm ins Haus. „Diese hier?"

„Ja." Henry runzelte die Stirn. „Er muss gerade dabei gewesen sein, sie auszutauschen. Normalerweise standen auf den leeren Stellen Messerbänkchen."

Mir wurde plötzlich kalt und als ich aufblickte, bemerkte ich, dass der Schatten wieder da war. Diesmal schwebte er in einer Ecke, in der vorher niemand gewesen war. „Glaubst du, dass er einfach nicht dazu gekommen ist, neue Stücke aufzustellen? Wie lange hat er normalerweise gebraucht, um die Sachen im Regal auszutauschen?"

Und hatte sie jemand - der Mörder - gestohlen?

Henry schob das Kinn vor, kniff die Augen zusammen

und überlegte. Einen Moment lang sah er seinem Vater verblüffend ähnlich. „Normalerweise hat er die Stücke, die er entfernt hat, sofort ersetzt. Vielleicht hat ihn jemand gestört."

Ich wusste, was er meinte – vielleicht war Mr. Peter gestört und getötet worden, bevor er die Stücke ersetzen konnte. Ich befürchtete immer noch, dass wir es möglicherweise mit einem Diebstahl zu tun hatten. Ich hatte mich über den Gedanken lustig gemacht, dass jemand einen Messie ausrauben würde, aber vielleicht lag ich falsch. Was war, wenn die Person gewusst hatte, dass Mr. Peter seine Lieblingsstücke in der Vitrine und dem Regal regelmäßig austauschte? Es wäre viel einfacher gewesen, die Dinge aus dem Regal zu schnappen, als sich durch ein Labyrinth von Kisten zu kämpfen, die bis unters Dach gestapelt waren, um nach einem verborgenen Schatz zu suchen. Man hätte wohl eher eine Nadel in einem Heuhaufen gefunden, aber die Gegenstände direkt neben der Haustür waren in Sichtweite gewesen.

Zu den Leuten, die sie gesehen hatten, gehörte ein Lieferbote, der jedes Mal das Haus betrat, wenn Mr. Peter für seine Lieferungen unterschrieb, ein Reparaturmann - und ... ich sah zu Bert hinüber. Aber warum sollte er seinen Onkel bestehlen?

„Warum würde jemand alle zwei Wochen voller Stolz neue Stücke in einem Raum ausstellen, der voller Gerümpel ist?" Bert winkte frustriert ab. „Wer hätte sie überhaupt gesehen? Außer euch beiden Jungs und Mrs. Carrera hatte er keine Besucher."

„Ich glaube, er hat einfach gerne hübsche Dinge betrachtet", antwortete Henry.

Das Regal war staubfrei, was in diesem Haus ein Wunder war. Es wäre mir nicht aufgefallen, dass Stücke fehlten, wenn vorher nicht jeder Quadratzentimeter des Regals mit Staub bedeckt gewesen wäre.

„Weißt du, wo er die Messerbänkchen aufbewahrt hat?", fragte ich. Ich wollte wissen, ob er sie wieder in die Kisten gepackt hatte oder ob doch irgendwie ein Diebstahl mit dem Mord zusammenhing.

„Nein, aber in einem Zimmer im Obergeschoss hat er Fayence-Stücke aufbewahrt, von denen er sagte, sie seien wichtig. Einige davon waren Quimper-Keramik, aber er hatte auch ältere Stücke von anderen Herstellern. Er hat behauptet, im Keller stünde eine silberne Suppenterrine, die sehr wertvoll sei, aber ich habe sie nie gesehen. Er hat gesagt, die Stufen seien gefährlich und müssten zuerst repariert werden, bevor man in den Keller gehen könne."

Ich stellte mir sofort eine unbezahlbare Ming-Vase vor, die in einem Keller mit Lehmboden neben achtzig Kisten Abflussreiniger und einer verrotteten Holztreppe stand.

Bert sah verblüfft aus. Ich fragte mich, ob er ähnliche Gedanken hatte. „Wir sehen uns am besten zuerst die Keramikstücke im Obergeschoss an. Anschließend würde ich gerne im Keller nach dieser Terrine suchen, während Sie hier sind. Falls die Treppe einstürzt, können Sie einen Krankenwagen rufen."

Als er das sagte, löste sich der Schatten aus seiner Ecke und schwebte ungehindert zur rechten Seite des Hauses. Wir folgten Bert durch das gewundene Labyrinth. Ich bildete das Schlusslicht. Es war schwierig, die Treppe hinaufzusteigen, da die Stufen mit Papierstapeln und Büchern bedeckt war. Zeitschriften, Zeitungen, alte Rechnungen - und sogar Verkaufsprospekte. Ich wischte den Staub von einer Broschüre und sah, dass es sich um ein Rundschreiben eines Schnäppchenladens handelte, das vor zwanzig Jahren gedruckt wurde. Wow, ich hatte vergessen, wie günstig Notizbücher damals waren.

„Die dritte Tür rechts", rief Henry. Bert schob eine schwere Kiste beiseite und öffnete die Tür. Das heißt, er versuchte, sie zu öffnen. Sie klemmte. Der Mann lehnte sich mit der Schulter dagegen und schaffte es, sie so weit aufzudrücken, dass wir das Zimmer betreten konnten.

Es war vom Boden bis zur Decke mit Aufbewahrungsbehältern und Kisten vollgestopft. Einige sahen aus, als wären sie umgefallen. Vier der Kisten standen offen und waren leer, das Füllmaterial war zur Seite geworfen worden.

„Sie sind weg", sagte Henry mit zittriger Stimme. „Verschwunden. Sie sollten entweder unten im Regal stehen oder hier oben in den Kisten sein."

„Vielleicht hat er sie in einem anderen Zimmer verstaut", sagte ich.

Der Junge schüttelte den Kopf. „Nein. Es hatte alles seinen Platz. Es sieht zwar chaotisch aus, aber Mr. Peter hatte ein System und wusste, wo alles war. Er wusste genau, welche Gegenstände er besaß, in welcher Kiste in welchem Raum er sie aufbewahrte, wann er sie gekauft und wie viel er dafür bezahlt hatte. Und er kannte die Geschichte von jedem einzelnen Stück. So war er nun mal."

„Denkst du, dass du dich an die Stücke erinnern und aufschreiben könntest, was alles hier oben war?", fragte Bert.

Henry zuckte mit den Schultern. „Ich kann es versuchen. Ich erinnere mich an ein paar Stücke, die ich irgendwie cool fand, aber der Rest ... ich weiß nicht."

„Ich bin bereit, für deine Arbeit zu bezahlen, wenn du eine Bestandsaufnahme der Stücke machst, die du gesehen hast, und eine Liste erstellst, in der du jedes Stück beschreibst und notierst, was Onkel Harry dir darüber erzählt hat und wo es sich befand, als du es zuletzt gesehen hast. Solche Dinge."

Der Junge nickte. „Kann ich machen."

Bert seufzte. „Danke. Und jetzt nehmen wir uns den Keller vor. Handys griffbereit, Finger auf der Notruftaste, nur für den Fall."

Die Holztreppe, die in den Keller führte, hatte ein paar neue Stufen, was Beweis dafür war, dass Mr. Peter tatsächlich versucht hatte, Dinge zu reparieren und sich über Wasser zu halten. Leider war es ein aussichtsloser Kampf gewesen.

„Die Stufen sind sicher", rief Bert. „Ihr könnt runterkommen."

Bevor ich ein Wort sagen konnte, drängte sich Henry an mir vorbei die Treppe hinunter. Sean folgte ihm und murmelte etwas, das sich anhörte wie „Hoffentlich finden wir ein Schwert".

Wir fanden keins. Da unten war nicht viel, was überraschend war, wenn man bedachte, wie vollgestopft der Rest des Hauses war. War Mr. Peter nicht dazu gekommen, den Keller vollzupacken? Hatte er warten wollen, bis alle Stufen repariert waren, bevor er hier unten Dinge aufbewahrte?

„Steht da hinten in der Ecke etwas?", fragte Sean. Er hoffte offensichtlich immer noch, dass wir ein paar Schwerter finden würden.

Bert ging im Keller herum und zog an den dünnen Metallketten, mit denen sich die Deckenlampen einschalten ließen. In der hinteren Ecke befand sich eine Ansammlung von Rechen und Schaufeln. Abgesehen von einer Waschmaschine und einem Trockner, die, wie ich hoffte, tatsächlich funktionierten, war der Keller fast leer. Ein paar alte Farbdosen. Ein Holzstapel und ein paar Zierleisten, die an die Wand gelehnt waren. Ein zerbrochenes Fenster.

Ein zerbrochenes Fenster. Warum hatte Mr. Peter die Stufen seiner Treppe repariert und nicht wenigstens ein Brett vor das Fenster genagelt? Oder die Glasscherben weggewischt? Ich ging zum Fenster hinüber und sah es mir genauer an, während Bert und die Jungs nachsahen, ob die Suppenterrine vielleicht in einer alten Kühlbox oder einem Metallschrank war.

Es lagen nicht nur Glasscherben am Boden. Der Keller war schmutzig und auf dem Zementboden waren quadratische Markierungen zu sehen, die etwas sauberer waren und verrieten, dass dort bis vor kurzem Kisten gestanden hatten. Ich dachte an Mr. Peter und seine Arthritis und nahm an, dass er die Artikel, die ihm gefielen, dort ausgepackt hatte, wo er sie aufbewahrte, und sie einzeln zum Regal getragen hatte, anstatt schwere Kisten mit Porzellan die Treppe hinunter zu schleppen - oder hinauf.

Ich ging zur der anderen Treppe hinüber, die in den Hinterhof führte. Ich streckte die Hand aus und drückte die Holztür auf. Ich hatte erwartet, dass sie entweder klemmte, wie die Tür des Esszimmers, oder mit einem Vorhängeschloss verriegelt war. Ich fiel beinahe hin, weil sie sich so leicht öffnen ließ und mit einem lauten Knall gegen die Terrasse im Hinterhof stieß.

Der Lärm ließ alle aufschrecken.

„Vielleicht sollten Sie Anzeige bei der Polizei erstatten", sagte ich zu Bert. „Ich bin ziemlich sicher, dass die Suppenterrine und viele andere Gegenstände gestohlen wurden."

„Davor hatte Mr. Peter Angst", erklärte Harry mit zittriger Stimme. „Er hat nachts immer Geräusche gehört und gesagt, er besäße wertvolle Antiquitäten."

Aber er hatte keine anständigen Schlösser an der Tür angebracht oder in eine Alarmanlage investiert. Er hatte sein ganzes Geld für sein Hobby ausgegeben und sich nicht die Mühe gemacht, seine wertvollen Gegenstände sicher aufzubewahren.

„Er hat eine Überwachungskamera gekauft", warf Sean ein. „Er hat gesagt, sie sei letzte Woche mit den Salzstreuern zusammen geliefert worden."

Bert und ich tauschten verwirrte Blicke aus, dann gingen wir alle nach oben und suchten die Decke nach der Überwachungskamera ab.

„Ich habe alle Kisten geöffnet, die neben der Tür standen", sagte Bert. „Da war sie nicht drin. Ich gehe davon aus, dass er sie wenigstens ausgepackt hat."

Wo hätte Mr. Peter die Kamera angebracht? Er war über achtzig gewesen und hatte Arthritis gehabt. Ich konnte mir nicht vorstellen, dass er auf eine Leiter geklettert war und sie an der Decke montiert hatte.

Es war nirgends eine Überwachungskamera zu sehen, aber auf dem Kühlschrank stand ein alter Videorecorder, der komischerweise nicht mit Staub bedeckt war, wie alle anderen Dinge im Haus.

Ich winkte Bert herüber, nahm den Videorecorder vom Kühlschrank und spulte das Band zurück. Dann drücke ich die Starttaste. Nach zehn Sekunden begann ich, das Band vorzuspulen. Es war todlangweilig. Es war lange Zeit dunkel, die einzige Lichtquelle bestand aus den leuchtenden Zahlen der Wanduhr. Mr. Peter hatte den Recorder jeden Morgen ausgeschaltet und abends wieder eingeschaltet. Anhand dieser Videoaufnahmen hätte ich niemals vermutet, dass es sich um einen Diebstahl handelte, wenn ich nicht den leeren Keller gesehen und Henry mir nicht versichert hätte, dass im Haus Dinge fehlten. Ich war kurz davor, das Band zu stoppen, als etwas Unscharfes auf dem Bildschirm erschien.

„Moment mal. Spulen Sie zurück. Was war das?", fragte Bert.

Ich sah zu den Jungs hinüber, die eine Kiste in einem anderen Zimmer durchsuchten, und spulte das Band zurück. Ich hoffte wirklich, dass ich keinen Mord sehen würde. So sehr ich mir auch wünschte, dass Mr. Peters Mörder gefasst und zur Rechenschaft gezogen wurde, die eigentliche Tat wollte ich nicht unbedingt sehen.

Es war dunkel. Dann erschien ein seltsames Licht in der Küche, gefolgt von einem Mann, der ein Handy in der Hand hielt. Es war ein großer, schlanker, gut gekleideter Mann, dessen blondes Haar zu einem Männerdutt zusammengebunden war. Ich hielt die Luft an, weil mein Verdacht sich bestätigte, als der Mann sich umdrehte und das Handylicht auf sein Gesicht fiel.

Der Eindringling auf der Videoaufnahme war Will Lars.

14

———

Es standen einmal mehr Polizeiautos auf unserer Straße. Diesmal standen sie vor dem Haus von Will und Kat Lars. Kats Augen waren geschwollen und sie hielt sich die Hand vor den Mund. Sie zitterte. Will sah blass aus und sprach trotzig mit Officer Adams. Die halbe Nachbarschaft sah und hörte zu, weil sich alles direkt auf dem Rasen vor ihrem Haus abspielte.

„Sie müssen mit uns aufs Revier kommen", sagte Officer Adams beharrlich. Er wiederholte sich. „Wir könnten Sie schon allein wegen Hausfriedensbruch verhaften, aber Mr. Peters Neffe glaubt, dass im Haus Gegenstände fehlen. Es ist möglich, dass er Sie wegen Diebstahls anzeigt. Auf diesem Videoband sind vier Nächte aufgezeichnet und außer dem Hausbesitzer sind nur Sie darauf zu sehen."

Den offensichtlichsten Punkt sprach der Beamte nicht an – dass Will im Verdacht stand, seinen Nachbarn ermordet zu haben. Die Videoaufzeichnung endete am Abend, bevor Mr. Peter gestorben war. Die Kamera war nicht eingeschaltet worden, weil Mr. Peter noch nicht ins Bett gegangen war. Trotzdem, Will war im Haus gewesen und angesichts ihrer angespannten Beziehung bezweifelte ich, dass Mr. Peter ihn spät abends zu sich eingeladen hatte.

Ich konnte mir jedoch trotz der belastenden Beweise nicht vorstellen, dass Will seinen Nachbarn bestohlen hatte. Er schien kein Motiv zu haben, es sei denn, er hatte versucht, Mr. Peter in den Wahnsinn zu treiben, indem er seinen Verfolgungswahn ankurbelte, weil er gehofft hatte, dass Mr. Peter dann eingeliefert werden würde. Will hatte sich bestimmt nicht für Mr. Peters Sammlerobjekte interessiert. Ich konnte mir nicht vorstellen, dass er mitten in der Nacht schwere Kisten aus dem Keller geschleppt hatte.

Ich konnte mir noch viel weniger vorstellen, dass er den alten Mann mit einem Schwert erstochen und es dann in eine Kiste gesteckt hatte.

„Warum, Will?", jammerte Kat. „Warum warst du in seinem Haus? Was hast du dort getan?"

Ihr Gatte sah einen Moment lang schuldig und beschämt aus, dann richtete er sich zu seiner vollen Größe auf. „Ich habe ihm seine Post gebracht. Sie war versehentlich in unserem Briefkasten gelandet. Er kam nicht zur Tür, als ich geklopft habe. Die Tür war nicht verriegelt. Ich wollte sie auf seinen Küchentisch legen."

Ich konnte mir Officer Adams' Gesichtsausdruck vorstellen, obwohl ich sein Gesicht nicht sehen konnte. „Wir sollten uns wirklich im Revier unterhalten, Mr. Lars."

Sowohl Kat als auch Will ignorierten ihn.

„Gütiger Himmel, Will", rief Kat und fuchtelte mit erhobenem Zeigefinger vor dem Gesicht ihres Gatten herum. „Du hättest sie doch einfach auf die Veranda legen können. Oder in seinen Briefkasten. Oder du hättest sie dem Postboten zurückgeben können. Was. Hast. Du. Getan?"

Will seufzte und strich eine blonde Haarsträhne zurück, die sich aus seinem Männerdutt gelöst hatte. „Ich wollte das Haus von innen sehen. Er hat mich nie hereingelassen und meine Beschwerde beim Gesundheitsamt war auf taube Ohren gestoßen. Ich dachte, ich würde vielleicht etwas gegen den Kerl unternehmen können, wenn das Haus voller Schimmel war oder wenn ich eine eingestürzte Decke oder achtzig Hunde in dreckigen Käfigen vorfand."

Ich hatte Verständnis für Wills Dilemma, aber er war wirklich zu weit gegangen. Ich war froh, dass er nicht direkt neben mir wohnte. Er hätte sich bestimmt über den überwucherten Kräutergarten, die ungestutzten Hecken und den Whirlpool beschwert, der bis letzte Woche auch wie ein Stück Schrott in meinem Garten gestanden hatte.

„Möchten Sie Anzeige erstatten?", fragte Officer Adams Bert. Bert sah zuerst den Beamten, dann Will an und trat nervös von einem Bein auf das andere. Er schien es sich nicht mit seinem Nachbarn verderben zu wollen, vor allem nicht, weil das Haus unbewohnt bleiben würde, bis Bert alles aufgeräumt und verkauft hatte. Dennoch hatte Will mindestens Hausfriedensbruch begangen, vielleicht sogar Diebstahl - und im schlimmsten Fall Mord.

„Nein. Ich meine, wenn etwas fehlt …"

„Würde es sich um Diebstahl handeln", beendete der Beamte den Satz. „Im Moment geht es nur um Hausfriedensbruch."

„Die Tür war nicht verriegelt", sagte Will trotzig.

„Das spielt keine Rolle. Sie haben das Haus ohne Mr. Peters Einwilligung betreten", erläuterte Officer Adams.

Ich konnte mir wiederum nicht vorstellen, dass Will das Schloss geknackt hatte. Die Tür schien nicht aufgebrochen worden zu sein. Vermutlich hatte Mr. Peter ab und zu vergessen, sie abzuschließen oder vielleicht war das Schloss so alt, dass die Tür aufsprang, wenn man am Türknauf rüttelte. Wenn dem so war, musste Bert wirklich ein neues Schloss anbringen.

„Nein, ich will keine Anzeige erstatten", sagte Bert schließlich. Die Nachbarn, die vom Bürgersteig aus zusahen, seufzten alle vor Erleichterung. Oder Enttäuschung. Es war schwer zu sagen, welche Emotion stärker war.

Officer Adams nickte. „Sie müssen trotzdem mit aufs Revier kommen, Mr. Lars."

Wills Augen weiteten sich. „Warum denn? Ich habe alle Ihre Fragen beantwortet. Ich will nicht mit aufs Revier gehen."

„Wir müssen Ihre Fingerabdrücke nehmen, um Sie aus dem anderen Verbrechen auszuschließen."

Kat stieß einen Schrei aus, als sie die Worte des Beamten hörte. Will streckte die Hand nach ihr aus, aber sie wich zurück.

„Ich habe diesen Mann nicht umgebracht", sagte Will. „Ich wollte, dass er seinen Garten aufräumt, in ein Pflegeheim zieht oder sein Haus verkauft. Ich habe ihm bestimmt nicht den Tod gewünscht."

Officer Adams legte Will die Hand auf die Schulter und schob ihn in Richtung eines wartenden Streifenwagens. „Gut. Dann geben Sie uns bestimmt gerne Ihre Fingerabdrücke, damit wir sie mit denen auf der Tatwaffe abgleichen können."

Will zögerte einen Moment, dann ging er die Verandatreppe hinunter und stieg in sein Auto. Wir beobachteten, wie er einem der Streifenwagen hinterherfuhr und drehten uns zu Kat um, die ins Haus marschierte und die Tür hinter sich zuknallte.

Die Nachbarn gingen alle in ihre Häuser zurück. Bert schloss das Haus seines Onkels ab, stieg in seinen Sportwagen und fuhr nach Hause. Ich überquerte die Straße und ging zu Richter Beck, der mit seinen beiden Kindern und Sean auf der Veranda stand und das Drama beobachtete.

Als ich ein paar Stunden später zum Sonnenuntergang auf der Veranda saß - mit dem alten vertrauten Geist an meiner Seite und dem neueren, der gelegentlich zwischen den alten Waschmaschinen in Mr. Peters Garten herumstreifte - sah ich, wie Kat Lars einen Koffer aus dem Haus schleppte und in ihr Auto lud. Dann fuhr sie mit quietschenden Reifen davon.

15

„Zoomen Sie nahe an ihr Gesicht heran, wenn sie mir von ihrem Ehemann erzählt", wies J.T. mich an. Heute bediente ich die Kamera. Na ja, eine der Kameras. Die andere war auf ein Stativ geschraubt, um die Szene aus einem anderen Winkel zu filmen, damit mein Chef das Videomaterial wie ein Profi schneiden und bearbeiten konnte. Eigentlich hatte ich gehofft, dass er bald einen Profi oder zumindest einen Filmstudenten einstellen würde, damit wir uns alle wieder auf unsere Arbeit konzentrieren konnten.

„Daisy, hören Sie auf, in die Kamera zu sehen. Sie durchbrechen die vierte Wand."

Das war jedoch nicht das einzige Problem mit dieser dramatischen Nachstellung. Ich war bereits zweimal darauf hingewiesen worden, dass meine Aufnahmen zu wackelig und die Beleuchtung nicht optimal sei. Wenn man bedachte, dass dies ein Büro und kein Hollywood-Set war, und dass J.T.s einzige Filmerfahrung auf einem Buch basierte, das ihm vor ein paar Wochen in die Hände geraten war, war das jedoch nicht überraschend.

„Es ist mein Mann, Gator", rief Daisy und wedelte mit der Hand vor ihrem Gesicht herum, als wäre sie eine Lady aus dem neunzehnten Jahrhundert, die gleich ohnmächtig werden würde. „Er betrügt mich, ich weiß es."

Ich zoomte auf Daisy, die ein verzweifeltes Gesicht machte. Sie spielte ihre Rolle ziemlich gut – besser als die meisten der örtlichen Polizisten, die normalerweise als unbezahlte Schauspieler fungierten. Ich musste sie fragen, ob sie in ihrer Jugend Theater gespielt hatte.

Der Fall, den wir „filmten", war ein außergewöhnlicher Fall, in dem J.T. vor acht Jahren ermittelt hatte, lange vor meiner Zeit. Was ursprünglich wie ein Ehemann mit einer Geliebten ausgesehen hatte, entpuppte sich als Ehemann mit Nebenjob. Er hatte einen Teilzeitjob als Hausmeister in der Nachtschicht angenommen. Mit dem gesparten Geld hatte er sich eine Jagdhütte kaufen wollen, die er in Pennsylvania mit seinen Kumpeln zusammen besichtigt hatte. Die Jagdausflüge waren zu einem jährlichen Ereignis geworden, das seine Frau tolerierte. Er wusste genau, dass sie nicht wollte, dass er eine Hütte kaufte, weil er sich dann häufiger und länger dort aufgehalten hätte. J.T. hatte Mitleid mit dem Kerl gehabt und ihm gesagt, seine Frau sei ihm auf die Schliche gekommen. Daraufhin hatte Mr. Jagdhütte das Einkommen aus seinem Nebenjob dafür verwendet, eine Kreuzfahrt für den bevorstehenden Hochzeitstag zu buchen.

Mein Chef hatte der Frau verraten, dass ihr Mann einen Nebenjob hatte, jedoch kein Wort von der Jagdhütte gesagt. Die Frau war überglücklich gewesen und hatte sich so sehr über die Kreuzfahrt gefreut, dass sie ihm sogar erlaubt hatte, den Teilzeitjob zu behalten und mit dem zusätzlichen Geld die Garage in eine Männerhöhle für ihn und seine Kumpels zu verwandeln. Es war zwar keine Jagdhütte gewesen, aber er schien mit dem Kompromiss zufrieden gewesen zu sein.

Ich hatte keine Ahnung, ob J.T. für das Video einfach die Namen und die Umstände abgeändert hatte oder ob ihm das Ehepaar tatsächlich sein Einverständnis gegeben hatte. Aber das war nicht meine Aufgabe. Filmen war auch nicht meine Aufgabe und ich hoffte, dass ich heute zum letzten Mal hinter oder vor der Kamera stand.

J.T. eilte davon, um das Video herunterzuladen und mit der Bearbeitung zu beginnen. Ich schenkte Daisy und mir Kaffee ein und beäugte den großen Stapel CreditCorp-Akten, der auf mich wartete.

„Denkst du, dass Will Lars wegen Mordes angeklagt wird? Und was meint die Polizei, wie lange schon jemand Dinge gestohlen hat?", fragte Daisy und setzte sich auf die Kante meines Schreibtischs. Ich war ins Bett gegangen, bevor Will wieder nach Hause zurückgekehrt war, aber sein Auto hatte in der Einfahrt gestanden, als Daisy früh morgens zum Yoga vorbeigekommen war. Kats Auto war nirgends zu sehen gewesen.

„Ich glaube nicht, dass er Mr. Peter ermordet hat. Die Polizei sieht das bestimmt auch so."

Ich fragte mich, ob die Diebstähle in Harry Peters Keller tatsächlich schon eine Weile im Gang gewesen waren. Unser Viertel gehörte nicht zu den Gegenden, in denen man mitten in der Nacht unbemerkt mit einem Lieferwagen vorfahren und ihn mit Kisten beladen konnte. Wer auch immer in Mr. Peters Haus eingebrochen war, hatte es regelmäßig getan und nur so viel mitgenommen, wie er tragen konnte. Sein Fahrzeug hatte er vermutlich in einer belebteren Straße geparkt, so war niemandem etwas aufgefallen. Das bedeutete, dass er die Kisten mindestens fünf Straßen weit getragen haben musste. Und anstatt einzelne Stücke auszupacken, hatte er ganze Kisten mitgenommen. Mr. Peter hätte bestimmt keine leeren Kisten weggeschmissen und im Keller waren keine.

Mr. Peter musste irgendwann aufgefallen sein - vermutlich, als er die Treppe repariert hatte -, dass ziemlich viele Gegenstände aus seinem Keller fehlten. Hatte sich der Dieb in jener schicksalhaften Mordnacht ins Erdgeschoss gewagt, nachdem er praktisch alles, was nicht niet- und nagelfest gewesen war, aus Keller geräumt hatte? Hatte Mr. Peter den Dieb in dieser Nacht erwischt und konfrontiert - und war von ihm erstochen worden?

Wahrscheinlich war die Treppe schon seit einiger Zeit morsch gewesen und Henrys Besuche hatten meinen Nachbarn dazu angespornt, sie zu reparieren.

„Die Diebstähle hätten schon seit Monaten im Gang sein können", sagte ich zu Daisy. „Vermutlich kamen sie erst ans Licht, als Mr. Peter vor Kurzem die Treppe repariert hat. Ich weiß nicht, warum er nicht die Polizei gerufen hat, als er gesehen hat, dass sein Keller leer war."

„Vielleicht wurde er getötet, bevor er dazu kam", mutmaßte Daisy. „Vielleicht hat er den Dieb gekannt und wollte sich selbst darum kümmern, anstatt die Polizei einzuschalten."

Daran hatte ich nicht gedacht. Wenn der Dieb ein Familienmitglied, wie Bert, oder ein Minderjähriger war, konnte man verstehen, dass Mr. Peter die Polizei nicht verständigt hatte, egal, wie sehr er sich über den Verlust seiner ... Sachen ... geärgert hatte. Aber wenn Will der Dieb war, was sehr unwahrscheinlich war, hätte Mr. Peter sofort die Polizei gerufen. Er musste den Videorecorder längere Zeit nicht überprüft haben, sonst wäre es schon viel früher brenzlig für Will geworden.

Ich hob die Hände und zuckte mit den Schultern. „Ich

weiß nicht, ob er den Dieb gekannt hat. Vielleicht traute er der Polizei nicht und wollte sich selbst darum kümmern."

Das brachte mich zum Nachdenken. So exzentrisch Mr. Peter auch gewesen war, er schien sehr eigenständig gewesen zu sein. Nach Monaten repariert er endlich die Kellertreppe und stellt fest, dass sein Keller leer ist. Anstatt die Kellertür zu verriegeln und das Fenster zu reparieren, lässt er alles so, wie es ist, und repariert nur die Stufen. Und dann? Wartet er darauf, den Dieb zu konfrontieren? Ein Achtzigjähriger, der es mit einem wahrscheinlich viel jüngeren Dieb aufnimmt?

Daisy schnaubte. „Schon möglich. Also *ich* hätte sofort die Polizei gerufen, wenn ich ein zerbrochenes Kellerfenster gehabt hätte, und in eine Alarmanlage und einen wirklich großen Hund investiert."

Ich auch, aber Mr. Peter war ein Messie. Hätte ihm die Polizei überhaupt geglaubt, wenn er behauptet hätte, es seien Diebe in sein Haus eingedrungen, die seine Sachen stahlen? Sein Haus sah wie ein riesiger Müllhaufen aus. Ein zerbrochenes Fenster konnte viele Ursachen haben. Die Polizei hätte einfach einen Bericht verfasst und es dabei belassen. Aber wenn Mr. Peter einen Videorekorder aufgestellt und die Kellertür entriegelt hätte, hätte er die Eindringlinge filmen und die Polizei dazu bringen können, ihn ernst zu nehmen.

„Na ja, es tut mir leid, dass der alte Mann ermordet wurde. Ich fand die vielen alten Geräte in seinem Garten auch hässlich, aber er schien ein netter Kerl zu sein. Abgesehen davon, dass er seinen Neffen beinahe mit einem Toaster erschlagen hat." Daisy schob den Stapel Credit-Corp-Akten in die Ecke meines Schreibtischs und rutschte näher. Ich würde nicht dazu kommen, die Fälle zu bearbeiten. Bei diesem Tempo würde ich am Samstag arbeiten müssen, um alles zu erledigen.

Mir wurde plötzlich kalt und ich spannte mich an, weil ich wusste, was als Nächstes kam. Ein Schatten erschien am Rand meines Blickfeldes. Diesmal sah er noch menschlicher aus; er hatte einen kleinen, gedrungenen Körper und ein richtiges Gesicht, obwohl die Gesichtszüge verschwommen waren. Als ich den Kopf drehte, verschwand die Erscheinung und tauchte erst wieder auf, als ich Daisy ansah. Genau wie die anderen Schatten war auch dieser nur dann sichtbar, wenn ich ihn nicht direkt ansah.

„Hörst du mir überhaupt zu?", meckerte Daisy.

Ich rümpfte die Nase und lächelte sie verlegen an. „Tut mir leid. Ich war in Gedanken woanders."

Daisy zitterte und rieb sich die Arme. „Es ist verdammt kalt in eurem Büro. Hat J.T. plötzlich die Klimaanlage eingeschaltet?"

Sie spürte es also auch? Konnte sie den Schatten sehen? Daisy schien nichts in ihrem Blickfeld zu bemerken. Aber wenn sie die Kälte spürte, würde *sie* mir vielleicht glauben.

„Daisy, glaubst du an Geister?"

Sie blinzelte überrascht. „Klar. Warum?"

Mir fiel die Kinnlade herunter. Klar? Alle anderen hatten mich mit ihrer psychologischen Analyse behelligt und Daisy sagte einfach „Klar"?

„Ähm, weil ich seit meiner Kataraktoperation Geister sehe."

Sie schürzte die Lippen, kniff die Augen zusammen und sah mich an. „Wie viele? Und siehst du sie überall? Wenn man die ganzen Leute mitrechnet, die im Laufe der Jahrhunderte gestorben sind, sollte es ziemlich viele Geister geben."

Ich konnte nicht glauben, dass ich dieses Gespräch

führte. Ich konnte nicht glauben, dass ich Daisy drei Monate *nichts* von den Geistern erzählt hatte. „Zuerst war es nur einer, der meistens abends auftaucht, manchmal auch tagsüber. Ich glaube, er könnte Eli sein. Er ist derjenige, der am häufigsten bei mir ist und immer dann erscheint, wenn ich in Erinnerungen schwelge, traurig oder einsam bin. Mein Augenarzt meint, es habe nichts mit der Operation zu tun, obwohl die Geister erst danach aufgetaucht sind. Reverend Lincoln denkt, ich würde mir alles nur einbilden, weil ich trauere. Die anderen sind die Mordopfer. Einer ist in der Nähe der Stelle geschwebt, an der ich Caryn Swansons Leiche gefunden habe, vermutlich wurde sie dort umgebracht. Und dann habe ich einen in Mr. Peters Haus gesehen, als ich seine Leiche gefunden habe. Caryns Geist habe ich nur kurz gesehen, aber der von Mr. Peter scheint öfter aufzutauchen.“

Ich lehnte mich erleichtert in meinem Stuhl zurück. Dass Daisy einfach akzeptierte, was ich ihr erzählte, und mich nicht mitleidig ansah und mich behandelte, als wäre ich ein erbärmliches Geschöpf, das in tiefer Trauer war, fühlte sich an, als wäre meine Seele befreit worden. Ich *war* in tiefer Trauer, aber im Gegensatz zu den Leuten, mit denen ich gesprochen hatte, glaubte ich, dass die Geister eher mit etwas anderem zu tun hatten.

Na ja, abgesehen von Eli. Elis Geist hatte wahrscheinlich viel mit meiner Trauer zu tun.

„Geister verweilen und manche Leute spüren ihre Anwesenheit.“

„Aber ich habe vorher noch nie so etwas gespürt“, wandte ich ein. „Es kam aus dem Nichts, gleich nach meiner Kataraktoperation.“

„Die direkt nach Elis Tod stattfand“, entgegnete Daisy. „Du warst emotional verwundbar. Du hattest eine Operation, die dein ‚Sehvermögen‘ wiederhergestellt hat. Vielleicht haben diese Dinge eine Tür in deinem Kopf geöffnet, die zuvor verschlossen war.“

„Kann ich sie wieder schließen?“ Ich wusste nicht, ob ich sie wirklich wieder schließen wollte. Ich hatte mich an den Eli-Geist gewöhnt. Eigentlich fand ich seine Anwesenheit irgendwie beruhigend. Auf die anderen konnte ich verzichten.

„Vermutlich nicht. Die Vorahnungen lassen wahrscheinlich mit der Zeit nach, aber vielleicht hast du diese Gabe für den Rest deines Lebens. Zum Glück siehst du nicht jeden einzelnen Geist, den es gibt. Manche Hellseher können nicht einmal zum Supermarkt gehen, ohne dass Dutzende von Geistern vor ihnen auftauchen.“

Wenn das der Fall wäre, würde ich das Haus nicht verlassen. Ich holte tief Luft und beschloss, offen mit Daisy darüber zu sprechen, womit ich es hier zu tun hatte. „Ich frage mich, warum manche der Geister an verschiedenen Orten erscheinen, als würden sie mir folgen. Und, warum sie nicht reden und nicht wie Schatten sondern wie Menschen aussehen.“

Daisy machte es sich auf meinem Schreibtisch bequem. „Manchmal ist ein Geist eine Wahrnehmung, die aufgrund eines traumatischen Erlebnisses entsteht - oder nachdem jemand mit einer starken Persönlichkeit gestorben ist. Solche Geister tun immer wieder dasselbe und neigen dazu, am selben Ort zu bleiben. Irgendwann lösen sie sich auf, obwohl sie im Falle eines gewaltsamen Todes manchmal jahrhundertelang verweilen.“

„Dann wird Mr. Peter mich also jahrhundertelang verfolgen?“ Das bezweifelte ich, da ich kaum jahrhundertelang am Leben sein würde, aber der Gedanke war trotzdem beunruhigend.

„Diese Geister verfolgen niemanden. Meistens sind sie sich der Anwesenheit von Menschen nicht einmal bewusst, sie tun einfach immer wieder dasselbe. Es gibt andere Geister, die eine Art Empfindungsvermögen zu haben scheinen. Sie wollen normalerweise, das man etwas Bestimmtes tut. Wie Poltergeister, die entweder wollen, dass man aus dem Haus auszieht und sie in Ruhe lässt, oder, dass man sie bemerkt und wie Hausgäste oder Mitbewohner behandelt. Manche von ihnen möchten, dass man einen Gegenstand findet, der ihnen viel bedeutet hat, und etwas bestimmtes damit tut. Oder sie bringen ein wichtiges Ereignis ans Licht oder helfen, ihren Mörder zu finden.“

Jetzt kamen wir endlich weiter. Caryn Swansons Geist war eindeutig einer, der immer wieder dasselbe tat. Der von Mr. Peter wollte etwas von mir. Ich nahm an, dass er wollte, dass ich seinen Mörder fand, aber angesichts des Sammelwahns, den der Mann gehabt hatte, wollte er vielleicht, dass ich ein paar polnische Porzellanstücke im Schuppen aufstöberte, damit sein Neffe sie nicht versehentlich in den Müll warf. Eli ... „Und was könnte der Eli-Geist wollen?“

Daisy verzog das Gesicht und sah mich plötzlich genauso besorgt an wie mein Augenarzt und Reverend Lincoln, als ich mit ihnen gesprochen hatte. „Oh, Süße. Ich glaube, Eli hat ein schlechtes Gewissen und ist wegen unerledigter Dinge an diese Welt gebunden.“

Ich bekam plötzlich einen Kloß im Hals. „Ich halte ihn hier fest. Ich habe mich an seinen Geist geklammert, weil ich ihn nicht gehen lassen will.“

Daisy nahm meine Hand und drückte sie. „Nein, er ist hier geblieben, weil *er* das Gefühl hatte, dass es Dinge gab, die er nicht gesagt oder getan hat. Er war ein Mann, der in einem gelähmten Körper und einem angeschlagenen Gehirn gefangen war, aber der Tod befreit uns alle. Und als er befreit war, erkannte er, dass es Dinge gab, die er dir mitteilen will, oder dass er dir beim Übergang helfen muss und es dir schuldig ist, dich noch eine Weile mit seiner Anwesenheit zu trösten. Er war nicht die Art von Mann, der einem nach einem Autounfall oder nach zehn Jahren als völlig anderer Mensch einfach verlässt. Nicht du hältst ihn hier, Kay, sondern Eli selbst.“

Ich fühlte mich ein wenig besser. Kurz darauf ging Daisy und ich wandte mich den CreditCorp-Akten zu und ignorierte den Geist, der neben den Aktenschränken schwebte. Es musste der von Mr. Peter sein. Er war immer noch da, als J.T. das Büro verließ und ich meine Akten zusammenräumte.

„Ich weiß nicht, was Sie wollen“, sagte ich zu ihm. „Ich habe Ihrem Neffen geholfen. Wir haben den Diebstahl entdeckt. Auf Ihrer Videokamera war außer Will Lars niemand zu sehen, was vermutlich das Resultat einer verhängnisvollen Fehleinschätzung seinerseits ist. Die Polizei untersucht Ihren Mord. Bert kümmert sich um die Gegenstände, die gestohlen wurden. Es gibt nichts weiter zu tun.“

Der Geist bewegte sich nicht und schien mich nicht gehört zu haben.

„Ich wünschte, Sie hätten eine Art Inventar geführt“, sagte ich. „Wenn wir wüssten, welche Gegenstände Sie im Haus hatten und wo Sie sie aufbewahrt haben - und vielleicht sogar Quittungen hätten, aus denen hervorgeht, wo Sie sie erstanden und wie viel Sie für sie bezahlt haben - wäre es viel einfacher den Dieb zu finden, der wahrscheinlich auch der Mörder ist.“

Plötzlich vernahm ich ein dumpfes Geräusch und drehte mich um. Der Salzstreuer war umgefallen; winzige Salzkörner lagen auf dem Tisch und auf dem Boden verstreut.

Mir standen die Nackenhaare zu Berge. Hatte der Geist das getan? Bisher hatten sie noch nie etwas getan, das man als Poltergeist-Aktivität hätte bezeichnen können. Vielleicht war der Salzstreuer einfach von selbst umgefallen.

Ich richtete ihn auf und wischte die Salzkörner weg. Als ich mich umdrehte, war der Geist verschwunden. Einen Moment lang fühlte ich mich schuldig, als hätte ich ihn im Stich gelassen. Aber es gab nichts weiter zu tun.

Obwohl das eigentlich nicht stimmte. Ich konnte weiterhin Bert helfen. Ich konnte Henry bei der Recherche unterstützen und ihm helfen, zu dokumentieren, was er über Mr. Peters Sammlerstücke wusste. Und ich konnte neugierig sein. In diesem ganzen Schlamassel waren zwei Dinge klar geworden. Jemand hatte meinen Nachbarn bestohlen und die einzige Person, die ein Motiv und die Gelegenheit gehabt hatte, ihn zu töten, war dieser Dieb. Aber wer war es? Wer hatte gewusst, was sich im Haus eines paranoiden Messies befand? Wer hatte die Frechheit gehabt, wiederholt in das Haus eines Mannes einzubrechen, der nie sein Zuhause verließ? Und wer hatte, nachdem er entdeckt wurde, beschlossen, den alten Mann mit einem Schwert zu erstechen und die Waffe in einem Wutanfall in eine Kiste zu stecken, anstatt einfach vom Tatort zu fliehen? Wer?

16

———

„Was ist das?" Daisy zog einen Stapel Papier vor sich hin. Wir hatten unsere Yogaübungen zum Sonnenaufgang beendet, aßen Lebkuchenmuffins und tranken Kaffee. Richter Beck war noch nicht nach unten gekommen. Eigentlich hatte ich weder Schritte noch sonst irgendwelche Geräusche gehört. Ich wusste nicht, ob er verschlafen hatte oder heute später zur Arbeit fahren würde, aber ich hatte nicht vor, ihn zu wecken. Der arme Kerl hatte am Sonntag- und Montagabend bis spät in die Nacht gearbeitet und versucht, alles nachzuholen, jetzt, wo die Kinder bei Heather waren. Ich begann, mir Sorgen um ihn zu machen. Wenn er heute wieder das Abendessen ausließ, würde ich etwas für ihn zubereiten und ihm den Teller bringen. Hackbraten. Ich hatte Heißhunger bekommen und etwas mehr Rinderhackfleisch gekauft, damit ich am Mittwoch die Reste zum Mittag essen konnte. Es würde genug übrig bleiben, auch wenn ich ihn mit meinem Mitbewohner teilte.

„Das sind die Ergebnisse von Henrys Recherchen. Heather hat den Bericht gestern Abend vorbeigebracht, damit ich ihn Bert geben kann. Er nimmt diesen Job sehr ernst." Und ich war stolz auf ihn. Es spielte keine Rolle, ob er Professor, Auktionator oder Jurist wie sein Vater werden würde, dieser Junge würde es weit bringen.

„Sind das die Dinge, die gestohlen wurden?" Daisy blätterte durch die Seiten.

„Nein, es ist eine Bestandsaufnahme der Stücke, die Henry gesehen hat. Er hat aufgeschrieben, was Mr. Peter ihm über sie erzählt hat. Wir hoffen, dass Bert sie irgendwann im Haus findet und sich der Diebstahl auf die Dinge beschränkt, die im Keller waren."

Ich bezweifelte, dass Bert die gestohlenen Stücke zurückbekommen würde. Ohne zu wissen, was sich vor dem Tod seines Onkels im Keller befand, würde er nichts als gestohlen melden können.

„Er hat sogar Bilder der Stücke eingefügt." Daisy zeigte auf eines davon. „Diese hier gefallen mir. Eine Art blaue Delfter Teller."

Einige davon waren hübsch, obwohl ich beim Betrachten der Bilder nicht den Drang verspürte, antike Porzellangegenstände zu kaufen. Der Bericht musste über fünfzig Seiten lang sein. Henry war sehr gründlich gewesen und der Bericht würde Bert als Querverweis dienen, während er das Haus durchsuchte. Henry hatte sogar notiert, wo im Haus Mr. Peter ihm die Stücke gezeigt hatte.

„Die habe ich ganz vorne im Ausstellungsregal gesehen, als ich dort war", sagte ich zu Daisy. „Henry hat gesagt, es seien Messerbänkchen."

Sie lachte. „Heutzutage verwenden vermutlich nicht einmal mehr schicke Country Clubs Messerbänkchen."

„Sollten sie aber. Das Messer neben dem Teller zu balancieren ist immer eine heikle Angelegenheit. Ich fühle mich nie wohl dabei, es an den Tellerrand zu lehnen oder auf den Tisch zu legen, nachdem ich es benutzt habe."

„Dann kreieren wir einfach einen neuen Trend", verkündete Daisy. „Ab sofort werden meine Gedecke Messerbänkchen beinhalten."

„Ziemlich schick für Pappteller-Grillpartys", neckte ich sie. „Wirst du sie auch für chinesisches Take-Out-Essen benutzen?"

„Dafür gibt es Stäbchenablagen. Ich bin fest entschlossen. Wenn du bei MegaMart Messerbänkchen siehst, kauf mir bitte ein Set."

„Ich werde Bert bitten, die Augen offen zu halten. Er wird dir bestimmt gerne ein Set verkaufen. Oder ich könnte mich bei ‚Swanson's' umsehen. Ich wollte während meiner Mittagspause ohnehin dort vorbeigehen, um zu fragen, ob sie mir den Krug auf dem Esstisch abkaufen wollen." Ich wollte ihn wirklich loswerden, bevor Taco ihn umstieß und er auf dem Boden zerbrach.

Ich schaffte es, eine Stunde früher als normal zur Arbeit zu fahren. Richter Beck war gerade im Schlafanzug die Treppe hinunter gestolpert, als ich das Haus verließ. J.T. war den ganzen Morgen unterwegs, um sich mit Kautionskunden zu treffen, und ich richtete meine volle Aufmerksamkeit auf die CreditCorp-Fälle. Um die Mittagszeit herum war mein To-Do-Stapel erheblich kleiner, als er am Vortag um dieselbe Zeit gewesen war. Ich hinterließ J.T. eine Nachricht, auf der stand, dass ich nach Milford fahren würde, um einen hässlichen Krug loszuwerden, und hoffentlich mehrere hundert Dollar reicher wieder zur Arbeit käme.

Es dauerte ungefähr zwanzig Minuten, um nach Milford zu fahren, und weitere zehn, um während der Mittagszeit einen Parkplatz zu finden. Ich war froh, dass ich heute früh zur Arbeit gekommen war, denn ich vermutete, dass sich diese Mittagspause auf anderthalb, wenn nicht sogar zwei Stunden ausdehnen würde. „Swanson's Antiques" befand sich in einem Reihenhaus in der Phillimore Street, das von vorne klein aussah, sich jedoch nach hinten über die gesamte Breite des Häuserblocks erstreckte. Der vordere Teil des Ladens war mit Möbeln vollgestopft. An den Wänden hingen große Gemälde. Ich ging durch die ersten beiden Räume, dann entdeckte ich den Ladenbesitzer, der hinter einer Glastheke mit einer sehr modernen Kasse stand. Ich bezweifelte, dass der Mann gemerkt hätte, dass jemand hereingekommen war, wenn die Glocke an der Eingangstür meine Anwesenheit nicht angekündigt hätte. Den vorderen Teil des Ladens konnte er nicht sehen. Obwohl er vermutlich gehört hätte, wenn jemand versucht hätte, eine antike Couch oder einen Eichenschrank zu stehlen.

Der Mann hinter der Glastheke sah genauso aus, wie ich mir einen Antiquitätenhändler vorgestellt hatte. Er war dünn und blass, als würde er die meiste Zeit auf Dachböden und in den dunklen Nischen seines Ladens verbringen. Seine Brille mit Drahtgestell war so altmodisch, dass mir sofort das Wort „Nasenfahrrad" einfiel. Er schien fast so alt wie einige der Antiquitäten zu sein, die er verkaufte. Die wenigen dünnen weißen Haarsträhnen auf seinem Kopf waren von einem Ohr zum anderen gekämmt. Ich musste dafür sorgen, dass Richter Beck diesen Mann nie traf, sonst würde Henry schneller im Jurastudium sitzen, als ich Plätzchen backen konnte.

„Suchen Sie etwas Bestimmtes?" Er lächelte und ich blinzelte, weil er plötzlich das Gesicht eines freundlichen Großvaters bekam, das nicht mehr viel mit dem abgemagerten, gespenstisch aussehenden Horrorfilm-Bösewicht-Antiquitätenhändler zu tun hatte.

„Ich wollte fragen, ob Sie Interesse an diesem Stück hätten." Ich hob meine riesige Aktentasche auf die Theke und zog die Schachtel heraus, in der sich der Krug befand. Als ich ihn ausgepackt hatte, staunte der Mann und murmelte anerkennende Worte vor sich hin. Sie klangen viel besser als die Geräusche, die Richter Beck von sich gegeben hatte, als er ihn gesehen hatte, oder der Seufzer, der mir unwillkürlich entwichen war, als ich das Geschenk nach meiner Hochzeit ausgepackt hatte.

„Rörstrand. Vermutlich aus dem späten neunzehnten Jahrhundert, dem Muster und dem Markenzeichen nach zu schließen. Gut erhalten." Er musterte mich und rückte seine Brille zurecht. „Ich kann Ihnen fünfzig Dollar dafür geben."

Ich hasste diesen Krug. Er war hässlich und ich wollte ihn loswerden. Aber ich musste die Whirlpool-Reparatur bezahlen.

„Mir wurde gesagt, er sei das Zehnfache wert." Das war weit mehr als der Betrag, den Mr. Peter genannt hatte, aber ich brauchte Verhandlungsspielraum.

Der Ladenbesitzer schreckte dramatisch zurück und sein Gesicht verwandelte sich wieder in das des abgemagerten, gespenstisch aussehenden Horrorfilm-Bösewicht-Antiquitätenhändlers. „Ich könnte bis auf siebzig gehen. Es ist ein ungewöhnliches Stück, das sich nicht so schnell verkaufen lässt. Ich muss aktiv um einen Käufer werben und meine Kommission mit einrechnen. Wenn ich Glück habe, bekomme ich hundert Dollar dafür."

Lügner. Aber dieses Spiel konnte ich auch spielen. „Ich habe mir auf ein paar Antiquitäten-Auktionsseiten die Artikel angesehen, die tatsächlich verkauft wurden. In den letzten drei Jahren wurden sechs dieser Krüge verkauft. Sie erzielten zwischen zwei- und fünfhundert Dollar. Derjenige, der für zweihundert verkauft wurde, hatte Risse in der

Glasur. Dieser hier ist makellos. Vermutlich würde es eine Weile dauern, bis Sie einen Käufer finden, der fünfhundert dafür bezahlt, aber für vierhundert sollten Sie ziemlich schnell einen Abnehmer finden. Ihrem vorherigen Angebot nach zu schließen, gehen Sie von einem Gewinn von dreißig Dollar aus. Da ich großzügig bin, rechnen wir fünfzig ein. Für dreihundertfünfzig Dollar gehört er Ihnen."

Er kniff die Augen zusammen und blickte mich durch sein Nasenfahrrad an. „Hundertfünfzig."

„Dreihundert."

„Hundertfünfundsiebzig."

„Dreihundert."

„Das haben Sie vorhin schon gesagt", sagte er mürrisch.

„Genau. Dreihundert. Sie machen einen Gewinn von hundert Dollar."

„Zweihundertzwanzig."

Das Verhandeln machte mir Spaß und ich wusste, dass ich wahrscheinlich meine dreihundert bekommen hätte, wenn ich noch länger mit dem Mann gefeilscht hätte, aber ich musste wieder zur Arbeit. Außerdem war die Parkuhr wahrscheinlich kurz davor abzulaufen.

Ich seufzte. „Zweihundertfünfzig, wenn Sie dieses Set Messerbänkchen dazulegen." Das Set war bestimmt keine fünfundsiebzig Dollar wert.

Er zögerte einen Moment, dann nickte er. „Einverstanden."

Dem Himmel sei Dank. Hätte ich den Krug wieder nach Hause tragen müssen, wäre er direkt auf dem Dachboden gelandet. Der Ladenbesitzer zog die Messerbänkchen hervor. Ich sah sie mir genauer an, während er den Kaufvertrag aufsetzte. Sie waren ungefähr zehn Zentimeter lang und aus handbemalter, weiß glasierter Keramik gefertigt. Sie erinnerten mich sehr an die Stücke, die ich am ersten

Tag, an dem ich bei Mr. Peter vorbeigegangen war, in seinem Regal gesehen hatte. Jedes der fünf Stücke sah anders aus; die Ablageflächen waren abwechselnd mit blauen Streifen und Wildblumen in hellem Blau und Orange verziert.

„Da drüben in der Vitrine stehen noch weitere Quimper-Stücke", sagte der Mann. „Eine dazu passende Kaffeekanne mit Blaubeermotiven und einer Frau aus der Bretagne. Oder ein Tellerset in Blau auf gelbem Dekorrand und dem Wappen der Bretagne."

Ich war nicht daran interessiert, noch weitere Antiquitäten zu kaufen, aber als klar wurde, dass es eine Weile dauern würde, bis er alles aufgeschrieben hatte, ging ich zu der Vitrine hinüber, um mir die Kaffeekanne anzusehen. Sie war wirklich hübsch. Ich war versucht, bis ich das Preisschild sah. Ich brauchte keine Kaffeekanne, die dreihundert Dollar kostete. Meine Kaffeemaschine funktionierte einwandfrei und hatte eine vakuumversiegelte Kanne, die mein Morgenelixier stundenlang warm hielt. Ich bewunderte eine riesige Fleischplatte und ein paar Butterdosen, dann ließ ich den Blick zur nächsten Vitrine schweifen, in der drei fischförmige Servierteller mit blau-gelbem Rand standen. Auf einem davon war eine Lady abgebildet, die eine Blume in der Hand hielt, auf einem anderen eine Milchmagd und auf dem dritten ein Porträt von George Washington, über dem sein Name sowie die Daten seines Geburts- und Todestages standen.

Ich erinnerte mich an diese drei Servierteller. Sie waren so speziell, dass ich bezweifelte, dass es im Umkreis von fünfzehn Meilen zwei identische Sets gab. Ich starrte sie ein paar Sekunden lang an und traute meinen Augen nicht. Dann zog ich Henrys Bericht aus meiner Tasche und blätterte durch die Seiten. Ich markierte die Gegenstände, die

Henry in Mr. Peters Haus gesehen hatte und die nun bei „Swanson's" zum Verkauf standen. Ich wusste nicht genug über Antiquitäten, um sagen zu können, ob es die gleichen Stücke waren, die letzte Woche noch in Mr. Peters Haus gestanden hatten, aber bei den fischförmigen Tellern war ich mir sicher.

„Ähm, wann haben Sie denn diese Servierteller bekommen? Die fischförmigen mit den beiden Damen und George Washington."

Er sah auf. „Am Samstag."

„Letzten Samstag?" Ich konnte nicht ausschließen, dass Bert ein paar Sachen verkauft hatte, um Platz im Haus zu schaffen und etwas Geld zu verdienen. Aber am Samstagabend war Mr. Peter ermordet worden. Ich bezweifelte, dass *er* sie verkauft hatte und ich wusste, dass Bert vor seinem Tod nicht befugt gewesen wäre, Gegenstände aus dem Haus seines Onkels zu entfernen. Wenn es überhaupt Bert gewesen war, der sie entfernt hatte.

„Ja. Ich habe sie erst heute in die Vitrine gestellt."

„Wer hat sie Ihnen denn verkauft?", fragte ich beiläufig. Der Mann war zwar hart im Verhandeln, aber er kam mir nicht wie jemand vor, der wissentlich gestohlene Gegenstände kaufen würde. Ich wollte nicht, dass er dachte, ich wolle ihm irgendetwas unterstellen, zumal er mir noch nicht einmal das Geld für den Krug gegeben hatte.

„Sie stammen aus einer Haushaltsauflösung. Eine Großmutter, die ihrem Enkel ihre Sammlung vermacht hat. Der Enkel bringt immer wieder neue Stücke vorbei. Hauptsächlich Majolika und Fayence, ein paar Quimper-Stücke, aber auch Porquier und Malicona. Er hatte auch ein hübsches Wedgwood-Teeservice und Worcester Flight and Barr-Porzellan. Der absolute Schocker war eine Louis XV-Silberterrine von Jean-Baptiste-Francois Chéret. Die meisten

Stücke aus dieser Zeit wurden eingeschmolzen, um Münzen herzustellen. Aber diese war in einwandfreiem Zustand. Normalerweise lasse ich die Finger von solchen High-End-Stücken, aber ich kenne einen Typen in New Orleans, der sich tatsächlich dafür interessiert hat."

Mir wurde übel. „Wie viel haben Sie denn dafür bekommen?"

„Fünfzigtausend. Ich dachte, der Typ würde ohnmächtig werden, als ich es ihm sagte."

„Wissen Sie ... kennen Sie zufällig seinen Namen?", fragte ich. Der Gedanke, dass der Mörder in diesem Laden gewesen war, um Mr. Peters geliebte Schätze zu verpfänden, machte mich neugierig.

Der Ladenbesitzer sah mich mit zusammengekniffenen Augen an. „Ich verlange von allen Kunden einen Ausweis, falls es Probleme mit der Echtheitsprüfung gibt. Diese Informationen gebe ich jedoch nicht weiter."

Natürlich nicht. Er würde nicht riskieren, als Mittelsmann bei solch lukrativen Geschäften ausgeschaltet zu werden.

„Es überrascht mich, dass es in der Nähe von Milford eine Großmutter gab, die eine Fünfzigtausend-Dollar-Suppenterrine in ihrem Haus hatte. Ist sie erst kürzlich gestorben?"

Er zuckte mit den Schultern, senkte den Kopf und wandte seine Aufmerksamkeit wieder auf den Kaufvertrag. „Ich glaube schon. Er kommt erst seit ein paar Monaten vorbei. Er ist ziemlich jung. Ich hätte nicht gedacht, dass jemand Mitte zwanzig eine Porzellan- und Geschirrsammlung erben würde, aber er sagte, er sei der einzige Erbe. Er scheint nicht der Typ zu sein, der fischförmige, handbemalte Teller oder Suppenterrinen aufbewahren würde."

In der Ecke bewegte sich etwas, am äußersten Rand

meines Blickfeldes. Der gespenstische Schatten näherte sich und legte seine unscharfen Hände auf die Vitrine. Als ich mich dieses Mal zu ihm umdrehte, verschwand der Geist nicht.

„Vermutlich hat seine Großmutter sein College finanziert. Oder ein schönes Auto", fügte der Ladenbesitzer hinzu.

Ich blinzelte, als ich das hörte. Plötzlich war es nicht mehr der Geist, der meine Aufmerksamkeit auf sich zog. Ich stellte mir einen nagelneuen Mustang mit allen möglichen Schikanen und einen Besitzer vor, der ein bisschen jung für ein so teures Auto war. Mitte zwanzig. Aber das hatte natürlich nichts zu bedeuten. Es gab viele Männer in der Gegend, die zu dieser Altersgruppe gehörten und schöne Autos hatten. Aber Sean und Henry hatten viel Zeit mit Mr. Peter verbracht, der ihnen von seiner Sammlung erzählte. Was war, wenn Sean nach diesen Besuchen nach Hause gegangen war und dem Freund seiner Schwester von dem alten Mann erzählte, der gegenüber von Henry wohnte? Vielleicht hatte er erwähnt, dass Mr. Peter Gegenstände hatte, von denen er behauptete, sie seien viel Geld wert.

Oder es war Will Lars gewesen, obwohl er definitiv nicht wie Mitte zwanzig aussah. Vielleicht hatte der Ladenbesitzer das Alter des Mannes falsch eingeschätzt. Vielleicht sahen für ihn alle unter vierzig wie Mitte zwanzig aus.

„Hatte er einen Männerdutt?", fragte ich. „Ein großer, schlanker Typ? Ich frage nur, weil mein Nachbar einen Todesfall in der Familie hatte und gesagt hat, er habe einen Haufen Antiquitäten, die er jetzt verkaufen müsse."

„Nein, er hat ziemlich viele Haare und eine komische Frisur. Aber Sie können Ihren Nachbarn gerne zu mir schicken." Er klaubte eine Visitenkarte aus einer Schublade und reichte sie mir. „Ich sehe mir die Antiquitäten, die er geerbt hat, gerne an, falls er ein Gutachten wünscht."

Ich steckte die Visitenkarte in meine Hosentasche. Mir schwirrten tausend Gedanken im Kopf herum. Viele Haare. Komische Frisur. Wie war noch mal der Name des Freundes von Seans Schwester? Dustin oder Dillon Buckle oder so ähnlich? Wie auch immer, es war besser, wenn ich mich nicht selbst darum kümmerte. Ich unterschrieb den Kaufvertrag, steckte das Geld ein und legte die Messerbänkchen in meine Aktentasche. Dann machte ich mich auf den Weg zurück ins Büro. Die Suppenterrine und die anderen Gegenstände mochten vielleicht ein Zufall sein, aber ich war sicher, dass diese fischförmigen Teller gestohlen waren. Wenn ich wollte, dass deswegen etwas unternommen wurde, musste ich mit Bert und der Polizei sprechen.

17

„Das neue Video ist da", verkündete mein Chef, stürmte ins Büro und ließ eine Tüte auf meinen Schreibtisch plumpsen. Ich hatte die Polizei noch nicht verständigt, weil ich zuerst mit Bert oder Richter Beck sprechen wollte - mit jemandem, der bestätigen konnte, dass ich mir die ganze Sache nicht nur einbildete und die Wahrscheinlichkeit, dass sich drei identische fischförmige Teller in der gleichen Gegend befanden, ungefähr gleich groß war wie die, einen Lottogewinn davonzutragen.

„Wollen Sie denn gar nicht wissen, was in der Tüte ist?", fragte J.T. und schob sie mir zu. Ich hatte eigentlich kein Bedürfnis, in die Tüte zu sehen, weil ich befürchtete, dass sie Schlangen oder sonst irgendetwas Gefährliches enthielt.

Es war eine Perücke. Und ein Stück Stoff, das sich als Kleid entpuppte. Ein ziemlich winziges Kleid.

„Ich hoffe, Sie erwarten nicht von mir, dass ich diese Sachen in Ihrem nächsten Video trage", sagte ich. Auch wenn in meiner Stellenbeschreibung „andere zugewiesene Aufgaben" stand - es gab Grenzen. Mit sechzig eine Perücke und ein Minikleid für das YouTube-Video meines Chefs zu tragen gehörte nicht zu diesen Aufgaben.

„Nein, sie sind für Daisy. Sie hat die Rolle der misstrauischen Ehefrau so toll gespielt, dass ich möchte, dass sie die Mutter einer Drogensüchtigen darstellt."

Ich konnte es kaum erwarten, Daisys Gesicht zu sehen, wenn sie die tollen Neuigkeiten erfuhr. Eigentlich freute ich mich eher darauf, J.T.s Gesicht zu sehen, wenn meine Freundin ihn verbal in der Luft zerriss.

„Sind Sie diesen hässlichen Krug losgeworden?", fragte J.T.

„Ja. Ich habe Bargeld und ein hübsches Set Messerbänkchen dafür bekommen. Ein kleiner Tipp: Daisy besteht darauf, dass ab sofort alle Gäste in ihrem Haus Messerbänkchen benutzen. Wenn sie Sie also irgendwann zum Abendessen einlädt, müssen Sie vorher ein Buch über Etikette lesen."

J.T. warf mir einen seltsam hoffnungsvollen Blick zu. „Sie will mich zum Abendessen einladen?"

Ich hatte es als Scherz gemeint, aber mein Chef schien mich ernst genommen zu haben. Soviel ich wusste, hatte Daisy nicht die Absicht, ihn einzuladen. War J.T. etwa an meiner Freundin interessiert? Sie kannten sich schon ewig, waren in derselben Stadt aufgewachsen und zur selben Schule gegangen. Handelte es sich um eine in Vergessenheit geratene Jugendschwärmerei, die durch die gestrigen Dreharbeiten wieder zum Leben erweckt worden war? Obwohl ich ziemlich sicher war, dass sie einseitig war. Vielleicht auch nicht.

Ich könnte Heiratsvermittlerin spielen, wenn Daisy an J.T. interessiert war. Es wäre zwar ziemlich seltsam, wenn meine beste Freundin mit meinem Chef ausgehen würde, aber ich würde mich daran gewöhnen. Ich konnte mir die beiden einfach nicht zusammen vorstellen.

„Ich habe heute Mittag noch etwas anderes bei ‚Swanson's‘ entdeckt." Ich erzählte J.T. von den fischförmigen Tellern, der Suppenterrine und den anderen Stücken, die ich in Henrys Inventarliste gefunden hatte.

Mein Chef kratzte sich am Kopf. „Bert müsste die Polizei verständigen, da er für das Anwesen zuständig ist. Ich weiß allerdings nicht, wie er beweisen könnte, dass sie gestohlen wurden. Er weiß nur, dass sie irgendwo in diesem Haus waren. Es wäre ziemlich peinlich, wenn er jemanden des Diebstahls beschuldigen würde und diese Teller dann zwei Monate später auf dem Dachboden auftauchen."

„Ich bin sicher, dass es dieselben Teller sind. Ernsthaft, J.T., Sie wollen mir doch nicht erzählen, dass es in unserem Bezirk zwei identische fischförmige Teller gibt, auf denen George Washington abgebildet ist."

Er rümpfte die Nase. „Ich glaube, Sie haben recht. Sie sollten mit Bert zusammen zur Polizei gehen. Vielleicht kann Richter Becks Sohn bestätigen, dass dort, wo Mr. Peter diese Gegenstände aufbewahrt hat, Dinge fehlen. Die Polizei wird den Namen des Typen herausfinden, der sie an ‚Swanson's‘ verkauft hat, und ihn ausfindig machen. Wenn er tatsächlich eine Sammlung von seiner Großmutter geerbt hat, sollte es Beweise dafür geben."

18

„Fünfzigtausend Dollar." Bert sah immer noch fassungslos aus. „Warum Onkel Harry etwas so Wertvolles in einer Kiste im Keller aufbewahrt hat, ist mir schleierhaft. Ernsthaft. Wer würde so etwas tun?"

Ich zuckte mit den Schultern. „Vielleicht jemand, der Porzellangegenstände und Töpferwaren im Wert von mehreren zehntausend Dollar in Kisten im ganzen Haus aufbewahrt."

„Wir wissen nicht, ob die Suppenterrine gestohlen wurde", kommentierte Officer Fischer. „Weder Sie noch Richter Becks Sohn haben sie jemals gesehen. Wir wissen nur, dass Ihr verstorbener Onkel gesagt hat, im Keller würde eine wertvolle Suppenterrine stehen. Das heißt noch lange nicht, das es diejenige war, die für fünfzig Riesen verkauft wurde. Wir wissen nicht einmal, ob überhaupt eine Suppenterrine im Keller *war*. Es könnte sein, dass Ihr Onkel sie verkauft oder weggeworfen hat. Vielleicht war er verwirrt und dachte, er hätte etwas gekauft, das er gar nicht gekauft hat."

Er hatte recht. „Na ja, ich habe die Teller gesehen und kann bestätigen, dass es dieselben sind."

„Aber was ist, wenn sie immer noch hier sind ... irgendwo." Der Beamte deutete auf die unzähligen Kisten im Wohnzimmer. Bert hatte den ganzen Tag gearbeitet und es gab kaum genug Platz zum Stehen. Was ein Fortschritt war. Aber bei diesem Tempo würde es Jahre dauern, bis Bert alle Sachen seines Onkels aussortiert hatte.

Ein schwarzer Geländewagen hielt am Straßenrand an. Henry sprang aus dem Auto und stürmte durch das Labyrinth aus alten Geräten zur Haustür. Seine Mutter nahm sich mehr Zeit, um auszusteigen. Das war auch ratsam, denn sie trug ein Kleid und schicke Sandalen. Wenn sie nicht aufpasste, würde sie stolpern und hinfallen.

„Kann ich irgendwie helfen?", fragte Henry, der ganz außer Atem war. Seine Augen leuchteten vor Aufregung. Ich war froh, dass Heather zugestimmt hatte, ihn so kurzfristig zu Mr. Peters Haus zu bringen. Ich wusste, dass es ihre Woche war, aber es war wichtig. Wir mussten einen Dieb – und möglicherweise einen Mörder – fassen.

„Erinnerst du dich an die bemalten fischförmigen Servierteller, die vor ungefähr einer Woche in diesem Regal standen? Auf einem war eine Lady mit einer Blume abgebildet. Auf einem anderen eine Milchmagd. Und auf einem war—"

„George Washington", rief Henry. „Ich erinnere mich an sie, weil ich die Fischform wirklich cool fand. Und das Porträt von George Washington war irgendwie seltsam."

„Weißt du, wo Mr. Peter sie verstaut hat, als er sie aus dem Regal genommen hat, um sie durch die Messerbänkchen zu ersetzen?", fragte ich.

„In der Küche."

Wir traten zur Seite und folgten Henry, der sich durch

einen schmalen Gang zur Rückseite des Hauses schlängelte. Ich zögerte und hatte keine Lust, den Raum zu betreten, in dem ich Mr. Peters Leiche gefunden hatte. Als hätte ich ihn gerufen, tauchte seitlich von mir ein Schatten auf. Auf dieser Seite befand sich kein Durchgang und der Schatten wurde von einem Stapel Kisten überlagert.

„Der arme Mann." Heather erschien in der Tür. Eine Sekunde lang dachte ich, sie würde den Geist meinen, dessen Oberkörper von Kisten durchdrungen war. Dann wurde mir klar, dass sie von Mr. Peter sprach. Hatte sie Mitleid mit ihm, weil er ermordet worden war oder weil sein Haus wie eine verwahrloste Lagerhalle aussah?

„Ja", sagte ich. Beides war mitleiderregend. „Er war einsam. Ich bin froh, dass Henry ihm während der letzten Monate Gesellschaft geleistet hat. Er hat es bestimmt zu schätzen gewusst, jemanden um sich zu haben, der seine Interessen teilte."

Heather nickte, musterte jedoch argwöhnisch die wacklig gestapelten Kisten. „Nate hat recht, er hätte Sie oder einen von uns beiden um Erlaubnis bitten sollen, bevor er hierher kam. Aber ich bin froh, dass er es getan hat. Unsere Eltern wohnen nicht in der Nähe. Es ist schön, dass Mr. Peter eine Art Großvaterfigur für Henry war."

Plötzlich war ein lauter Knall und leises Fluchen zu hören. Bert, Officer Fischer und Henry kamen wieder zurück. Henrys Augen funkelten vor Aufregung.

„Sie sind weg! Die ganze Kiste ist verschwunden. Und ich weiß, was da alles drin war."

Officer Fischer nickte. „Ihr Sohn hat uns sehr geholfen, Mrs. Beck. Ich werde morgen mit Bill, dem Inhaber von ‚Swanson's', sprechen. Ich melde mich, sobald ich mehr weiß."

„Werden Sie sich auch mit dem Ermittler in Verbindung

setzen, der in Mr. Peters Mordfall ermittelt?", fragte ich. Ich nahm an, dass unsere örtlichen Polizisten schlau genug waren, um den Zusammenhang herzustellen, ohne von einer Zielfahnderin darauf hingewiesen werden zu müssen, aber ich wollte auf Nummer sicher gehen.

„Ja. Die Diebstähle könnten mit dem Mord zusammenhängen. Oder auch nicht. Es wird oft eingebrochen, wenn jemand stirbt. Die Diebe lesen die Todesanzeigen und rauben entweder das Haus des Verstorbenen oder das der Familienmitglieder aus, während sie bei der Beerdigung sind. Aber wir werden uns absprechen, für alle Fälle."

Officer Fischer ging und wir schlängelten uns auf die Veranda hinaus. Dort hatte Bert tatsächlich Fortschritte gemacht und wir konnten im Kreis anstatt in einer Reihe stehen.

„Ich wollte dir noch etwas zeigen, bevor du gehst", sagte ich zu Henry, griff in meine Aktentasche und zog die Messerbänkchen heraus.

„Die waren in der Kiste mit den fischförmigen Tellern und den anderen Sachen", sagte er. „Sind sie nicht hübsch?"

„Ja." Ich seufzte. Mir wurde klar, dass ich ungefähr fünfzig Dollar in den Wind gesetzt hatte und Daisy auf ihre Messerbänkchen würde warten müssen. „Ich habe sie bei ‚Swanson's' entdeckt. Vielleicht bin ich etwas voreilig, aber ich glaube, wir haben unseren Dieb gefunden." Und möglicherweise den Mörder.

„Ich werde ein paar Überwachungskameras kaufen und zusätzliche Schlösser an den Türen anbringen lassen", sagte Bert. „Während der letzten beiden Tage gab es keinerlei Anzeichen eines Einbruchs. Es hat sich niemand an der Sperrholzplatte zu schaffen gemacht, die ich gestern Abend vor das zerbrochene Fenster genagelt habe und das Schloss an der Kellertür war unversehrt. Aber es kann nicht schaden, zusätzliche Sicherheit zu haben."

Ein weiteres Indiz dafür, dass der Dieb auch der Mörder sein musste. Wäre er nur ein Dieb gewesen, hätte er nach Mr. Peters Tod erst recht die Gelegenheit gehabt, sein Haus auszuräumen. Nur ein Mörder würde es nicht wagen, zum Tatort zurückzukehren.

Wir winkten Heather und Henry nach, dann drehte ich mich zu Bert um und reichte ihm die Schachtel mit den Messerbänkchen.

„O nein." Er gab sie mir zurück. „Sie haben sie gekauft. Ich kann sie nicht zurücknehmen."

„Sie sind gestohlenes Eigentum. Ich gebe sie an den Eigentümer zurück. Dann werde ich mein Geld von ‚Swanson's' zurückfordern und Mr. Swanson muss es vom Dieb zurückverlangen. So funktioniert das."

„Nicht in meiner Welt", sagte er und weigerte sich, die Schachtel anzunehmen. „Na ja, wenn es diese Fünfzigtausend-Dollar-Suppenterrine wäre, wäre es etwas anderes. Diese Messerbänkchen gehören Ihnen. Sie haben mir so sehr geholfen und mich mit Henry in Kontakt gebracht. Wenn Sie nicht gewesen wären, hätte ich überhaupt nicht gemerkt, dass etwas gestohlen wurde."

Damit hatte er recht. „Okay. Vielen Dank."

„Nein, ich habe *Ihnen* zu danken. Ich schulde Ihnen viel mehr als nur ein paar Messerbänkchen. Sobald das Haus ausgeräumt ist und ich den Überblick habe, möchte ich Ihnen gerne ein paar Teller oder Vasen schenken."

O nein. Ich stellte mir mein Haus voller Krüge vor. Krüge wie der, den ich gerade losgeworden war. „Eigentlich habe ich sie für meine Freundin Daisy gekauft. Ich selbst mag dieses Porzellanzeug nicht besonders. Wir essen immer noch von denselben Tellern, die ich vor dreißig Jahren gekauft habe."

„Gut. Aber falls Sie etwas sehen, das Ihnen gefällt, sagen Sie Bescheid." Bert lächelte und es erschienen Lachfältchen um seine Augen herum. „Und behalten Sie ihr dreißigjähriges Geschirr. Wer weiß, vielleicht findet eines Tages eines Ihrer Enkelkinder Gefallen daran."

Ich hatte weder Kinder noch Enkelkinder, aber aus irgendeinem Grund dachte ich sofort an Henry und stellte mir vor, wie er einen Gegenstand aus meinem Haus bewunderte und sich liebevoll an mich erinnerte, während er ihn seinen Kindern zeigte. „Ja. Sie haben recht. Man kann nie wissen."

19

Richter Beck kam relativ früh nach Hause und breitete einmal mehr seine Akten auf dem Esstisch aus. Ich nahm den Hackbraten aus dem Ofen und richtete zwei Teller mit Kartoffelpüree, Soße und grünen Bohnen an.

„Räumen Sie Ihre Akten beiseite", verkündete ich und trug die Teller ins Esszimmer.

Richter Beck blickte auf und blinzelte mich überrascht an. „Das wäre nicht nötig ... ist das Hackbraten?"

„Ein Trostgericht. Sie sehen aus, als könnten Sie etwas Trost gebrauchen." Ich stellte seinen Teller auf die freigeräumte Stelle, setzte mich ans andere Tischende und schob vorsichtig einen Stapel Akten zur Seite.

Er beäugte die Akten, dann meinen Teller. „Ich bin bestimmt der schlechteste Tischgenosse aller Zeiten. Drei Kautionsverhandlungen, zwei Verfahrensanträge und eine Menge Rechtsprechungsrecherchen. Oh, und morgen habe ich zwei Bewährungsanhörungen, die ich vorbereiten muss."

„Sie werden irgendwann einen Märtyrertod sterben", neckte ich ihn. „Lassen Sie sich nicht stören. Lesen Sie ruhig weiter. Und sehen Sie zu, dass die Akten keine Soßenflecken abbekommen."

Er lächelte mich an. „Es ist schön, Gesellschaft zu haben. Und es ist toll, ein hausgemachtes Gericht zu essen. Wenn die Kinder bei mir sind, versuche ich immer, der Familie Vorrang zu geben und in der Woche, in der sie bei Heather sind, scheint immer alles aus den Fugen zu geraten."

Er hatte eine Menge um die Ohren, aber die Kinder würden bald aufs College gehen und er würde sie vermissen. Er verbrachte viel Zeit mit ihnen, wenn sie bei ihm waren, dafür musste er doppelt so viel arbeiten, wenn sie bei Heather waren.

„Ist das Taco, den ich gerade da draußen gesehen habe?" Richter Beck deutete mit der Gabel zum Fenster. Es wurde langsam dunkel, aber selbst im schwachen Licht der Fußwegbeleuchtung konnte man deutlich eine flauschige Katze erkennen, die im Garten herumschlich.

„O nein. Wie hat er es bloß geschafft, zu entkommen? Die Türen sind alle geschlossen. Vielleicht ist er eine Houdini-Katze oder so etwas Ähnliches." Ich sprang auf und sah mich um. War es eine andere Katze? Eigentlich hätte Taco schon lange unter dem Tisch sitzen und miauen sollen, den Hackbraten hätte er sofort gerochen. Da das nicht der Fall war, nahm ich an, dass es nicht meine Katze war, die den Gehweg entlang schlich.

Ich rannte auf die Veranda hinaus und entdeckte Taco, der am Straßenrand saß und sich mit zuckendem Schwanz umsah.

„Taco", rief ich. „Abendessen!"

Das hätte ihn eigentlich dazu bringen sollen, ins Haus zu rennen. Er hatte sein Abendessen bereits bekommen, aber ich wusste, dass er ein besonders schlechtes Erinnerungsvermögen hatte, wenn es um Futter ging.

Der Kater drehte den Kopf und sah mich einen Moment lang an. Dann rannte er über die Straße und verschwand im Labyrinth der Waschmaschinen, die in Mr. Peters Garten standen. Verflixte Katze. Da drüben gab es keine Hähnchensandwiches mehr. Bei mir wäre er besser bedient gewesen, immerhin hätte er ein paar Bissen Hackbraten abbekommen.

„Ich gehe zu Mr. Peters Haus hinüber, um Taco zu holen", rief ich Richter Beck zu. Dann zog ich die Haustür hinter mir ins Schoss und überquerte die Straße.

In Mr. Peters Garten war es sogar noch dunkler, da der Zaun, den Will Lars errichtet hatte, das Licht blockierte. Die alten Geräte warfen lange Schatten auf die schmalen Gehwege und ich ging langsam durch das hohe Gras auf die Veranda zu. Bert hatte zwar im Wohnzimmer das Licht angelassen, aber sonst war es dunkel im Haus und es gab keine Außenbeleuchtung. Ich stolperte die Treppe hinauf. Ich hatte erwartet, Taco miauend vor der Haustür anzutreffen. Jedenfalls tat er das zu Hause immer, wenn er reingelassen werden wollte. Stattdessen sah ich das Ende seines buschigen Schwanzes, als er durch die Haustür verschwand – die *offene* Haustür.

„Bert?", rief ich und spähte durch den schmalen Spalt ins Wohnzimmer. „Bert? Taco hat sich gerade in Ihr Haus geschlichen. Ich komme rein." Er antwortete nicht. War er überhaupt noch da? Ich konnte mir nicht vorstellen, dass Bert die Tür nicht abschließen oder sie gar offen stehen lassen würde, aber sein Sportwagen stand nicht vor der Tür.

War er gegangen oder im Obergeschoss, wo er mich nicht hören konnte? Vielleicht dauerte es einfach nur lange, bis er sich die Treppe heruntergekämpft hatte.

„Bert?" Ich stieß die Tür ganz auf und sah mich nach Mr. Peters Neffen und meiner Katze um. Von beiden war keine Spur zu sehen, doch dann hörte ich in der Nähe des Esszimmers Geräusche. Verdammte Katze. Ich war versucht, Taco einfach eine Nacht lang hier zu lassen, aber ich machte mir Sorgen um ihn und wusste, dass es Bert nicht gefallen würde, wenn Taco den Teppich als Katzenklo benutzte oder zerbrechliche Gegenstände umwarf.

„Taco, wo bist du?", rief ich und bahnte mir einen Weg durch das Kistenlabyrinth. Die Geräusche im Esszimmer hörten abrupt auf und ich erwartete, dass Taco auf mich zu rennen würde. Taco erschien tatsächlich im Türrahmen, aber anstatt sich in meine Arme zu stürzen, drehte der Kater wieder um. Ich stellte mir vor, wie er bei Mr. Peters Geist um Hähnchensandwiches bettelte.

Vor meinem geistigen Auge sah ich Mr. Peter oder besser gesagt den Geist, von dem ich glaubte, dass er Mr. Peter war. Der Schatten kniete sich nieder, streckte die Arme aus und Taco sprang fröhlich zirpend auf ihn zu. Die Tatsache, dass er direkt durch die ausgestreckten Arme des Geistes segelte, schien weder den Kater noch den Geist zu stören.

Ich änderte die Richtung und ging am Esszimmer vorbei in die Küche, wo ich Taco auf der Theke antraf. Er beäugte eine Keksdose. Der Geist war immer noch da; ich spürte eine arktische Kälte, als ich durch ihn hindurchging und versuchte, mich auf meine Katze zu konzentrieren. Ich nahm Taco in die Arme und murmelte abwechselnd Schimpfworte und Kosenamen. Und als ich mich umdrehte, sah ich einen Mann.

Er war kein Geist, sondern ein echter Mensch.

Ich erkannte den jungen Mann. Es war der, den wir von der Eisdiele aus gesehen hatten. Der mit dem schicken neuen Mustang. Der, von dem Henry gesagt hatte, er sei der Freund von Seans Schwester. Dillon Buckle. Er hielt zwar keine Waffe in der Hand, aber sein entschlossener, etwas resignierter Gesichtsausdruck verriet, dass er mich nicht vorbeilassen würde. Ich befürchtete, dass es mir wie Mr. Peter ergehen würde, wenn auch ohne Schwert. Würde er mich erwürgen? Zu Tode prügeln? Ich wollte nicht zu lange über die Einzelheiten meines bevorstehenden Ablebens nachdenken.

Er stand im Türrahmen und blockierte meinen Fluchtweg. Die Tür, die vom Esszimmer in den Hinterhof führte, war unzugänglich. Und dieser Typ war eindeutig ein Eindringling. Ich zwar auch, aber ich hatte das Haus durch eine offene Haustür betreten und wusste, dass Bert nichts dagegen gehabt hätte, wenn ich meine Katze abholte.

Der Einbrecher - der höchstwahrscheinlich auch ein Mörder war - kam einen Schritt auf mich zu. Ich klammerte mich an Taco fest, der jaulte und seine scharfen Krallen in meine Hände grub. Ich reagierte instinktiv und schleuderte dem Einbrecher meine Katze ins Gesicht.

Armer Taco. Obwohl mir während des Sekundenbruchteils, in dem ich mich an dem Mann vorbeidrängte und zur Tür rannte, bewusst wurde, dass es eigentlich eher Dillon war, der mein Mitleid verdiente. Taco krallte sich an ihm fest und sprang zur Seite, bevor der Mann ihn verletzen konnte. Dabei riss er ihm ein ziemlich großes Stück Haut vom Gesicht. Der Einbrecher schrie auf, schlug vergeblich nach meiner Katze und stieß gegen einen Stapel Kisten, als ich mich an ihm vorbeidrängte. Ich hörte ein Krachen, blickte jedoch nicht zurück, sondern konzentrierte mich darauf, durch die Haustür zu entkommen. Ich wusste, dass ich mir um Taco keine Sorgen machen musste. Er würde sich irgendwo verstecken und jeden, der ihm etwas antun wollte, mit seinen Klauen und Zähnen abwehren. Ich hingegen war in Gefahr.

Das wurde mir klar, als ich spürte, wie sich jemand keine zwei Meter von der Tür entfernt auf mich stürzte. Ich stolperte in einen Turm aus Kisten, die Gegenstände enthielten, die so schwer waren, dass sie mich fast erschlugen. Ein paar der Kisten fielen herunter und ihr Inhalt schlitterte auf die Stelle, die Bert gerade freigeräumt hatte. Ich drehte mich um und versuchte, den Eindringling abzuwehren. Einen Augenblick später lag ich auf dem Rücken und spürte seine Hände an meinem Hals.

Er würde mich erwürgen. Wie nett. Erschlagen zu werden wäre vermutlich auch nicht viel besser. Ich schlug mit Armen und Beinen um mich und griff nach den Handgelenken des Mannes. Ich merkte schnell, dass ich nicht genug Kraft hatte, um seine Hände wegzuziehen.

Der Druck wurde immer stärker und ich griff nach dem erstbesten Gegenstand, der mir in die Finger geriet. Er fühlte sich kalt und glatt an, wie ein Griff. Ich schlug das Ding so fest es ging gegen den Kopf des Mannes. Es war ein Teekrug.

Er musste ziemlich robust sein, denn er ging nicht kaputt. Der Schlag bewirkte, dass der Mann ruckartig den Kopf zur Seite drehte. Er fluchte und lockerte den Griff um meinen Hals. Ich schlug erneut mit dem Teekrug zu.

Diesmal zerbrach er. Ich schlug noch einmal mit dem abgebrochenen Griff zu, den ich immer noch in der Hand hielt, und spürte, wie er ihm die Kopfhaut aufriss. Blut strömte über sein Gesicht und tropfte auf mich herunter. Er ließ meinen Hals los und wischte sich mit den Händen übers Gesicht. Ich stieß ihn von mir weg und stach immer wieder mit der Scherbe zu, als wäre sie ein Messer. Er versuchte, meinen Angriffen auszuweichen und lehnte sich immer weiter zurück. Ich zog ruckartig die Beine hoch, er fiel zur Seite und stieß einen weiteren Turm aus Kisten um.

Zwei Meter bis zur Tür. Leider hatte er während unseres Gerangels seine Position verändert und versperrte mir den Fluchtweg. Ich würde so tun, als wäre ich ein Linebacker, und versuchen, mich an ihm vorbeizudrängen. Dann sah ich, wie jemand die Schultern des Eindringlings packte und ihn herumwirbelte. Eine Faust schlug gegen das Kinn meines Angreifers und der Mann ging in einem Hagelsturm aus Kisten und Porzellanscherben zu Boden.

Dann sah ich, wer mein Retter war: Richter Beck.

Er schüttelte die Hand, verzog das Gesicht und rieb sich die Knöchel. „Im Film sieht das immer ganz einfach aus. Ich glaube, ich habe mir ein paar Finger gebrochen." Er streckte mir seine andere Hand entgegen. „Ist alles in Ordnung?"

Ich nickte und packte seine Hand. Mein Hals tat weh. Meine Schulter schmerzte vom Aufprall gegen die Kisten. Als ich wieder auf den Beinen war, richtete der Richter seine Aufmerksamkeit auf den Eindringling. Er zerrte ihn auf die Beine, verdrehte einen Arm hinter seinem Rücken und drückte ihn mit dem Gesicht gegen die einzige Wand, die sichtbar war.

„Haben Sie Ihr Handy dabei? Meins steckt in meiner Gesäßtasche. Rufen Sie die Polizei. Entweder halte ich ihn fest, bis sie eintrifft, oder wir suchen etwas, womit wir ihn fesseln können."

Ich hatte mein Handy nicht dabei und griff nur äußerst widerwillig in Richter Becks Gesäßtasche, um seins herauszuziehen.

Drück bloß nicht seinen Hintern. Drück ja nicht seinen Hintern. Er ist dein Mitbewohner und zwanzig Jahre jünger als du. Drück bloß nicht seinen Hintern.

Es gelang mir, das Handy ohne irgendwelche sexuellen Untertöne aus seiner Hose zu ziehen. Ich wählte den Notruf und teilte der Telefonistin mit zittriger Stimme mit, dass ich einen Einbrecher überrascht hatte und angegriffen worden war. Und dass wir den Angreifer festhielten.

Dillon Buckle fluchte, wand sich und versuchte, sich loszureißen, aber Richter Beck war für einen Anwalt überraschend muskulös. Er drückte den Mann seelenruhig gegen die Wand und verdrehte ihm den Arm auf dem Rücken, wenn er sich wehrte. Ich war beeindruckt. Er war ein Richter, ein Akademiker, und obwohl ich ihn sehr attraktiv fand, hätte ich nicht gedacht, dass er in der Lage war, einen Eindringling zu überwältigen und ihn festzuhalten, bis die Polizei eintraf.

Officer Adams erschien als Erster am Tatort. Seine Augen weiteten sich, als er sah, dass Richter Beck einen Mann gegen die Wand drückte. Als Dillon Buckle festgenommen worden war und der Richter und ich unsere Aussagen gemacht hatten, traf Bert ein. Wir erklärten noch einmal, was passiert war, und dass der Mann das Haus ausgeräumt hatte. Dillon Buckle wurde abgeführt. Er würde mindestens wegen Hausfriedensbruchs, wahrscheinlich aber eher wegen Diebstahls oder sogar wegen Mordes angeklagt werden. Nachdem er uns seinen Dank ausgesprochen hatte, schloss Bert die Tür ab, setzte sich in seinen kleinen Sportwagen und brauste davon.

Dann standen plötzlich nur noch Richter Beck und ich im Garten, der voller Waschmaschinen war und sich direkt gegenüber meines - unseres - Hauses befand.

„Als Sie nicht zurückgekommen sind und Taco mit

abstehendem Fell durchs Esszimmer rannte, wusste ich, dass etwas nicht stimmt. Ich habe mir Sorgen gemacht." Er drehte sich zu mir um, aber es war zu dunkel in Mr. Peters Garten, um sein Gesicht zu sehen. Stattdessen sah ich zwei Schatten. Einer saß in einem Schaukelstuhl auf meiner Veranda, der andere stand auf der verglasten Veranda vor Mr. Peters Haus. Seine schattenhafte Gestalt verschwand teilweise im Toilettenpapier, das dort gestapelt war.

„Sie haben mir das Leben gerettet. Vielen Dank." Ich wusste nicht, warum es mich ärgerte, dass J.T., mein Chef, mich vor drei Monaten vor dem Bürgermeister gerettet hatte - und nun Richter Beck vor Mr. Peters Mörder. War ich etwa eine Jungfrau in Not?

Er lachte. „Machen Sie Witze? Der Typ war blutüberströmt und hatte eine Gehirnerschütterung, als ich ankam. Wenn mir vor ein paar Monaten jemand gesagt hätte, Sie seien jemand, der einen mordlustigen Bürgermeister und einen blutrünstigen Dieb zur Strecke bringen kann, hätte ich ihn ausgelacht. Sie sind eine Heldin mit Stricknadeln, einer Katze und Silbersträhnen im Haar, Kay. Sie sind intelligent, witzig, entspannt und cool. Meine beiden Kinder haben Sie ganz und gar für sich gewonnen. Und Ihr Hackbraten schmeckt wahnsinnig gut. Ich bin kurz davor, vor Ihnen auf die Knie zu fallen und Sie anzubeten."

Mir stiegen die Tränen in die Augen, aber ich blinzelte sie weg. „Den mordlustigen Bürgermeister habe nicht ich zur Strecke gebracht, das hat J.T. getan. Damit hat er mich wirklich überrascht. Er ist tatsächlich wie Gator Pierson aus seinen Videos."

Eine seltsamer Ausdruck huschte über Richter Becks Gesicht, aber vielleicht bildete ich mir das nur ein. Es war ein langer ereignisreicher Abend gewesen und das Licht in Mr. Peters Garten war sehr schwach.

„Oh. Sie kennen ihn natürlich schon lange. War Pierson ein Freund von Ihnen und Eli? Wie Carson?"

Der Schatten auf meiner Veranda erhob sich vom Schaukelstuhl und schwebte zur Außenwand des Hauses. Ich starrte auf die Stelle, wo er gewesen war, dachte an Richter Becks Worte und fragte mich, was um alles in der Welt mit meinem Leben passierte.

„Carson und seine Frau sind sehr gute Freunde. Vor Elis Unfall sind wir oft zusammen ausgegangen. Und nach dem Unfall hat Carson mir Gelegenheitsjobs verschafft und Maggie hat regelmäßig Aufläufe vorbeigebracht. J.T. habe ich erst vor ein paar Jahren kennengelernt. Durch Carson. Er hat jemanden gebraucht, der ab und zu Nachforschungen über riskante Kautionskunden durchführt und Carson hat mich ihm empfohlen. Nach Elis Tod hat J.T. mir eine Vollzeitstelle als Zielfahnderin angeboten und ich habe sie angenommen."

Richter Beck nickte. Eine dunkelblonde Haarsträhne fiel ihm ins Gesicht. „Wie geht es Ihnen, Kay? Ich weiß, dass Sie Eli wirklich geliebt haben. Die letzten drei Monate müssen sehr hart für Sie gewesen sein. Es ist unglaublich, mit wie viel Trauer Sie sich auseinandersetzen müssen, und dann kommt noch das Fiasko mit dem Bürgermeister und das hier hinzu." Er deutete auf Mr. Peters Haus.

Ich blickte noch einmal zu *meiner* Veranda hinüber, sah jedoch nichts. Wo war er? Wo war Eli? Schon nur der Gedanke, dass er verschwunden sein könnte, löste beinahe eine Panikattacke in mir aus.

„Ich habe gute und schlechte Tage", sagte ich zu Richter Beck. „Es gibt Leute, die wie Puzzleteile zusammenpassen. Ich war schon bei unserer ersten Verabredung hin und weg von Eli gewesen. Wir hatten zwar auch oft Meinungsverschiedenheiten, aber die Liebe ist nie verblasst. Es fühlt sich an, als wäre die Hälfte von mir gewaltsam weggerissen worden, als würde ich nie wieder ganz sein können. Nach dem Unfall habe ich einfach alles begraben und mich in die Pflege meines Mannes gestürzt. Der Mann, den ich geheiratet habe, ist schon vor zehn Jahren gestorben, aber es fühlt sich an, als würde ich erst jetzt dazu kommen, aufzutauchen und Luft zu holen. Ich muss mich mit meinem Verlust abfinden und um den Mann trauern, den ich in dieser Nacht verloren habe."

Einen Moment lang schwiegen wir beide. In der Ferne waren Autogeräusche und das Bellen eines Chihuahuas zu hören. Eine kühle Frühlingsbrise wehte durch die Ahornbäume, die unsere Straße säumten, und brachte die Blätter zum Rascheln.

Ich hätte schwören können, dass Richter Beck der Atem stockte.

Er legte die Arme um meine Schultern und zog mich an sich. Ich spürte seinen Atem an meinem Kopf. „Ich trauere auch, Kay, obwohl es bei mir anders ist. Es fühlt sich so an, als würden Sie und ich in dieselbe Richtung gehen. Innerhalb von drei Monaten sind Sie zu einem Teil meiner Familie geworden. Madison und Henry vergöttern Sie. Sie sind wie ein Anker, der mich davor bewahrt, mich von dem ganzen Wahnsinn in meinem Leben aufs Meer hinaus treiben zu lassen. Sie müssen sich unglaublich verloren fühlen, aber Sie müssen wissen, dass es Menschen gibt, die Sie sehr lieb haben. Ohne Sie wären Madison und Henry verloren. Und ich auch."

Familie. Ich erinnerte mich daran, dass Reverend Lincoln gesagt hatte, Gott würde uns genau die Leute schicken, die wir brauchten, auch wenn diese Menschen manchmal wieder aus unserem Leben verschwanden. Und dass wir darauf vertrauen mussten, dass der Herr uns immer das gab, was richtig für uns war.

Ich schlang die Arme um Richter Becks Hals und vergrub das Gesicht an seiner Brust. „Ich liebe Madison und Henry von ganzem Herzen. Herzlich willkommen in unserer Familie."

20

Officer Adams kam am nächsten Tag in unser Büro und sagte, es sei Dillon Buckle gewesen, der die Antiquitäten an „Swanson's" verkauft habe. Und nein, er habe keine Sammlung von seiner Großmutter geerbt. Nachdem ihm eine Strafmilderung in Aussicht gestellt worden sei, habe Dillon die Diebstähle und den Raubmord gestanden und gesagt, Mr. Peter habe ihn in der Küche überrascht, als er aus dem Keller gekommen war, um weitere Kisten zu stehlen. Es habe einen Streit gegeben. Mr. Peter habe ihn angegriffen. Er habe das Schwert genommen, das nach dem Melonentraining neben der Spüle gelegen hatte, und den Mann in Notwehr erstochen.

Weder ich noch Officer Adams, der Ermittler oder J.T. glaubten das. Es konnte sein, dass Mr. Peter ihn überrascht hatte, als er aus dem Keller gekommen war, um Sachen zu stehlen, aber die Tatsache, dass er das Schwert in eine Kiste gesteckt hatte, nachdem er den Hausbesitzer erstochen hatte, ließ nicht darauf schließen, dass er in Notwehr gehandelt hatte. Außerdem war er nicht weggelaufen oder hatte sich versteckt, als ich das Haus betrat. Stattdessen hatte er mich angegriffen und versucht, mich zu erwürgen. Für dieses Verbrechen lief ein separates Verfahren gegen Dillon. Die Polizei hoffte zweifellos, dass ihm dafür eine zusätzliche Gefängnisstrafe auferlegt werden würde.

Ich hatte nach und nach die Dinge auf dem Dachboden durchgesehen, konnte mich jedoch nicht dazu überwinden, sie zu „Swanson's" zu bringen, nachdem ich Dillon Buckle als Dieb identifiziert hatte. Der Antiquitätenhändler musste Bert das Geld für die Suppenterrine zurückerstatten und ihm alle anderen Gegenstände zurückgeben. Ich verzog das Gesicht, als ich an das viele Geld dachte, das die Besitzer verloren hatten, und hoffte, dass Dillon ihnen wenigstens einen Teil des Geldes zurückerstatten würde. Wenn er sein Auto verkaufte, sollte er eigentlich dazu in der Lage sein.

J.T.s YouTube-Kanal hatte mittlerweile eine beträchtliche Anhängerschaft, die nicht nur aus örtlichen Polizisten bestand. Er sprach bereits davon, die Google-Anzeigen auf seiner Webseite optimieren zu müssen.

Henrys Whirlpool-Party war ein großer Erfolg. Er war dieses Jahr sehr erfolgreich im Langstreckenlauf und Sean und den anderen Jungs hatten die Pizzen, die Limonade und der Bananen-Schokoladenkuchen sehr geschmeckt. Henry half Bert, die Sachen in Mr. Peters Haus auszusortieren, und freute sich auf die Sommerferien.

Madison hatte mir geholfen, den Bananen-Schokoladenkuchen zuzubereiten, und bereits ein paar Rezepte aus meinen Rezeptbüchern kopiert, die für den Geburtstagskuchen ihres Vaters in Frage kamen. Mittlerweile hatte sie den Traum, Ärztin zu werden, aufgegeben, war jedoch hin- und hergerissen. Einerseits wollte sie ihrem Vater zuliebe Juristin werden, andererseits interessierte sie sich plötzlich für diplomatische Beziehungen.

Taco wollte immer noch keine Hauskatze sein und versuchte bei jeder Gelegenheit, sich davonzuschleichen. Oft gelang es ihm auch.

Ich arbeitete. Ich mochte meinen Job und wenn ich abends nach Hause kam, freute ich mich immer auf den Schatten, der irgendwo in einer Ecke auf mich wartete. Ich freute mich auch, wenn Richter Beck mit den Kindern nach Hause kam oder wenn er alleine nach Hause kam und eine riesige Aktentasche mit sich herumschleppte. So sehr ich Madison und Henry auch mochte, es war irgendwie beruhigend, wenn der Richter alleine zu Hause war. Entweder vertiefte er sich schweigend in seine Akten, während ich strickte, oder gesellte sich zum Abendessen zu mir. So oder so, ich genoss seine Anwesenheit.

Wenn ich abends bei Lampenschein strickte, saß der Schatten, den ich für Elis Geist hielt, neben mir und Richter Beck murmelte im Esszimmer vor sich hin, während er durch seine Akten blätterte. Ich mochte diese Abende.

Ich war wahrhaftig gesegnet. Und bis zu diesem Moment war mir nie bewusst gewesen, wie tröstend es war, eine Familie zu haben.

WEITERE ROMANE VON LIBBY HOWARD

Detektivgeschichten aus Locust Point:

Die Enthüllung

Der Mann vom Schrottplatz

Antike Geheimnisse

Der Lokalmatador

Ein literarischer Skandal

Die Wurzel allen Übels

Der Grabplatz

Das letzte Abendmahl

Tod um Mitternacht

Feuer und Eis

Der Rassenbeste

Kalte Gewässer

Fünf für einen Dollar

Einsame Herzen

Die Zerrspiegel

Reckless Camper Mystery Series -

DANKSAGUNGEN

Besonderer Dank geht an Lyndsey Lewellen für das Coverdesign und die Typografie - und an Erin Zarro für das Lektorat.

ÜBER DIE AUTORIN

Libby Howard lebt mit ihren Söhnen und zwei ausgelassenen Bloodhounds in einem kleinen Haus im Wald. Sie strickt ab und zu, backt gerne und kümmert sich um die Wäsche. Die meisten ihrer Texte schreibt sie in einer Bar, wo sie während der Arbeit Leute beobachten, ein anständiges Mikrobrauereibier trinken und sich einen Teller „Old Bay Wings" gönnen kann.

Weitere Informationen:
www.libbyhowardbooks.com